戏中壁

钟乔 著

当代世界出版社

图书在版编目（CIP）数据

戏中壁 / 钟乔著．—北京：当代世界出版社，2021.5
ISBN 978-7-5090-1539-1

Ⅰ.①戏… Ⅱ.①钟… Ⅲ.①长篇小说－中国－当代 Ⅳ.① I247.5

中国版本图书馆 CIP 数据核字（2021）第 053821 号

书　　名：戏中壁
出版发行：当代世界出版社
地　　址：北京市东城区地安门东大街 70-9 号
网　　址：http://www.worldpress.org.cn
邮　　箱：ddsjchubanshe@163.com
编务电话：（010）83907528
发行电话：（010）83908410
经　　销：新华书店
印　　刷：北京中科印刷有限公司
开　　本：1092 毫米×850 毫米　　1/32
印　　张：7.5
字　　数：155 千字
版　　次：2021 年 5 月第 1 版
印　　次：2021 年 5 月第 1 次
书　　号：978-7-5090-1539-1
定　　价：45.00 元

如发现印装质量问题，请与承印厂联系调换。
版权所有，翻印必究；未经许可，不得转载！

目 录

总序　　I

自序　　i

戏中壁（小说）　　001

戏中壁（演出剧本）　　163

后记　　215

总序

海上风雷
王德威

青春与革命是现代中国文学最重要的主题之一。二十世纪初梁启超首开其端,以《少年中国说》(1900)召唤青春希望与动力,一时如应斯响。一九一五年九月,陈独秀等创办《青年》杂志,在发刊词中以初春、朝日比喻青年的朝气蓬勃,期勉中国新生代奋力创造未来。次年李大钊继之以《青春》《青春中华之创造》等文,宣称"盖青年者,国家之魂"。

这一青春想象的政治载体是革命。"五四"狂飙卷起,革命救亡还是启蒙淑世,成为一代青年对话或交锋所在,也成为启动文学现代性的契机之一。从叶绍钧的《倪焕之》(1927),到巴金的《激流三部曲》(1933)、路翎的《财主的儿女们》(1947)、杨沫的《青春之歌》(1958),每一世代作家都曾铭刻青年革命者与时代搏斗的轨迹，或彷徨，或呐喊，或牺牲。这些作品所汇集的想象资源至今影响不辍。

与此同时，大陆以外的华语社会也风起云涌。一九二四年，台湾青年杨逵（1906—1985）为了反抗童养媳婚姻、追求思想出路，东渡日本，因此接触进步活动。杨逵一九二七年回台后积极参与农民运动和新文化运动，一九三五年更以短篇小说《送报夫》赢得日本《文学评论》二等奖。小说以日本殖民资本主义势力对台湾土地的搜刮开始，描述一个留日台湾学生如何在异乡经历了经济、民族地位的不平等待遇，从而决心加入社会行动。这篇以日文创作的小说后由胡风译成中文，成为最早被介绍至大陆文坛的台湾作品之一。

一九三六年，江苏常熟青年教师金枝芒（陈树英，1912—1988）与妻子来到英属马来亚。金枝芒读中学期间即参加学生运动，一九三五年"一二·九运动"后涉入更深。当时许多前卫青年前往延安，金枝芒却选择下南洋。往后十年他厕身新马华人文教运动，同时参与地下抗日组织。"二战"后英国殖民者再度得势，金枝芒和他的同志转而抗英。一九四八年底，他加入马共丛林抗战队伍，辗转十余年，留下了相当数量的文字记录，最著名为小说《饥饿》（1961）。

类似的故事所在多有。一九三二年，十七岁的黑婴（张炳文，1915—1992）从印度尼西亚棉兰来到上海就读暨南大学，结识新感觉派文人穆时英、施蛰存等，成为其中最年轻的一员。抗战爆发，黑婴返回印尼参加抗日活动，因此身陷囹圄。战后他担任《生活报》总编辑，出版短篇小说集《时代的感动》

（1949）和中篇小说集《红白旗下》（1949）。一九五一年，黑婴再次返回中国。一九四〇年，二十岁的新加坡华裔青年王啸平（1919—2003）回到中国参加抗日战争，加入新四军。新中国成立后，王啸平进入戏剧界，晚年以《南洋悲歌》（1986）等作回顾半生行止。王啸平的一个女儿也从事文学创作，她就是著名作家王安忆。

我们应如何看待这些作家？他们背景各异，但都是少小离家，四出冒险。他们都怀有一股无以名状的激情，企图改变自己或社会现状，也不约而同地在左翼理想中找到寄托。此处的"左翼"需要作广义理解，至少包括以下的特征：对抗传统体制、自居异端的勇气；"被侮辱与被损害者"的人道主义关怀；对社会、经济、政治不义现象的批判；对殖民及资本主义的反抗；对民族主义的追求；还有对跨越国际无产阶级联合阵线的号召。这些议题之间未必相互契合，但总能成为这些青年诉诸文学形式、不断辩证反省的焦点。

更重要的是，这些青年游走中国大陆内外，比起"五四"新青年，更多了一层跨地域、跨文化的经验。尤其在当时南洋与台湾的殖民地地区，族裔的差异、语言的分歧、家国想象的出入，甚至生态环境的变化都形塑了他们文字的特殊性。马来亚的威北华（李学敏，1923—1961）在印尼参与民族独立战争时，从印诗人安华（Chairil Anwar）、荷兰作家马斯曼（Hendrik Marsman）学得现代派技巧；"台湾第一才子"吕赫若（吕石堆，1915—1951）留日时期深受日本左翼运动影响，他的笔名传说取自朝鲜作家张赫宙与中国作家郭沫若。吕赫若的小说《牛车》

一九三六年也由胡风译为中文。

一九三八年,来自台湾美浓的客家青年钟理和(1915—1960)只身前往伪满洲国。他是"日据"时代少数能以流利白话汉文创作的作家,他的中国经验尤其与众不同。钟的同父异母的二哥钟浩东(1915—1950)为影响其最深者。钟浩东曾赴广东参加抗日,"二·二八事件"后,因密谋反国民党工作被捕遭处决。"我不是爱国主义者,但是原乡人的血,必须流返原乡,才会停止沸腾!"钟理和在人生的最后阶段,原乡情结如斯沸腾。

二十世纪中期冷战格局形成,国民党退居台湾。海峡局势虽逐渐稳定,但意识形态的禁忌无所不在。这是一个苦闷的年代。西方思潮的引进,岛内政治生态的改变,都促使有心的知识分子反思:他们应何去何从?一九六七年,出身台湾世家的郭松棻(1938—2005)前往美国加州大学伯克利分校专攻比较文学。此时越战方兴未艾,全球躁动不安,美国学潮、法国工运、中国"文革",让郭松棻深有所感。他从存在主义哲学转入左翼哲学。一九七〇年,郭投入保卫钓鱼岛运动,尽心竭力,竟致放弃博士学业。爱国的激情使他不能见容于台湾当局,被迫羁留海外多年。保钓运动烟消云散后,郭回身转向创作,铭刻所来之路,赫然发现这才是安身立命所在。

当代台湾最重要的马克思主义倡导者非陈映真(1937—2016)莫属。他的创作始于一九五〇年代末期,小说《我的弟弟康雄》呈现淡淡的郁悒色彩,和无以自处的存在焦虑,充满现代主义色彩。但他迅即转向关注人间疾苦,以及社会公义问题；在戒严的年代里，鲁迅其人其文成为他最大的精神寄托。到了二十世纪六十年代中期，陈映真左翼人道主义的信念已经浮上台面。一九六八年，陈因思想问题被捕入狱，成了另一种"白色恐怖"牺牲者。

作为一位有坚定意识形态信仰的作家，陈映真对自己的付出无怨无悔。一九七五年出狱后，他仍然以卫道者的姿态批判跨国资本主义对台湾的侵害，以及第三世界国族政治的粗鄙短视。但对革命实践之后所暴露的巨大落差和变形，他不能无感，因此有了一九八〇年代著名的"山路三部曲"(《山路》《铃铛花》《赵南栋》，1984)。透过《山路》里曾经向往革命精神的老妇，陈映真问道："如果大陆的革命堕落了，会不会使得昔日的血泪牺牲，都变为徒然？"这是鲁迅式"抉心自食"的深刻反省。

阅读陈映真的一大门坎，是意识形态及文学创作间的辩证性。我们无法规避陈映真的政治信仰，只谈他的创作，但也不能完全依照作家的意识形态，强为他的作品对号入座。细读陈映真的作品，我们得见其他线索：从个人(政治或伦理)主体性的所伤，到群体生活的荒谬疏离，再到信仰与沟通的二律背反。他质问人性沉沦与扭曲的问题、罪与罚的问题、忏悔与救赎的问题，或沉郁低回，或义愤悲悯，无不真诚动人。

以上脉络勾勒近一个世纪以来，海外华语世界的青年如何投身时代风潮，又如何以文字铭刻身心的历练。这一脉络却往往被文学史所忽略或简化。近年有关陈映真、郭松棻等人的事迹逐渐得到重视，他们的主要作品也先后在大陆出版。但还有更多的作者和作品有待发掘。"海上风雷"系列即是希望呈现其中的精彩部分——那些青春岁月的冒险，那些激情与怅惘的故事，不应被历史遗忘。

二十世纪六十年代末的美国各种运动此起彼落，一批自台湾、香港留美的学生也纷纷投入其中。一九七〇年台湾外海的钓鱼岛领属权突起争议，一夕之间蕞尔小岛成为海外民族主义运动的象征。除了前所论及的郭松棻，刘大任（1939— ）更是当时的领导人物。他们感时忧国的激情与执着，不啻是"五四"精神的延伸。不同的是，"五四"热血文人的极致是文学退位，革命先行，而刘大任等人却是经历了政治洗礼后返璞归真，以文学为救赎。

保钓之后，刘大任以一种宛如自我放逐的姿态远赴非洲。赤道归来，他开始提笔为文。他的作品或痛定思痛，或云淡风情，但字里行间总潜藏一脉不甘蛰伏的心思。他写亲情友情的乖违，吉光片羽的启悟，举重若轻，无不是拼贴历史碎片、检视前世今生的尝试。小说成为一种谦卑的、反观自照的方法，一种无以名目的行动艺术。《浮游群落》（1982）中，刘大任回顾上世纪六十年代就读台大时所经历的"情感教育"。在白色恐怖的氛围里，在美式文化的洗礼中，一群血气方刚的大学生面对现实藩篱，摸索乌托邦的可能，却上下求索而不得。他们呐喊，他们彷徨。一切悬而不决，一股虚无的感觉悠然升起。这本小说不啻是刘大任为一代台湾留美学生写下的前传。四十年来家国，当年的激情与壮志烟消云散，老去的作家有了此身虽在堪惊的惆怅。

相对于刘大任的传奇经历，张系国虽然亲历保钓，毕竟保持相对客观立场。时移事往，他一样不能忘情当年保钓经验——一群海外留学生最后的青春印记。张系国的《昨日之怒》（1978）名为虚构，其实此中有人，呼之欲出。他的风格堪与刘大任形成对话。刘大任现身说法，以今日之我自剖昨日之我，张系国则以旁观者姿态细数当年人事。俱往矣，只有感时忧国的情怀始终如一。

一九九五年，台湾剧场工作者及报告文学家钟乔（1956—）的小说《戏中壁》，演绎"台湾新剧之父"简国贤（1917—1954）制作演出话剧《壁》的始末。一九四六年初，简国贤自日本学成返台，与民间讲古先生宋非我组织"圣峰演剧研究会"搬演《壁》一剧。这出戏讽刺国民党接收台湾后的社会乱象，赢得观众共鸣。"二·二八事件"后，简国贤加入共产党地下组织，四年后被捕处死。二〇一三年，简国贤的姓名被中华人民共和国镌刻并镶嵌于北京西山无名英雄纪念广场。

钟乔追随陈映真与蓝博洲（1960—）的"革命考古学"，以文学及剧场形式挖掘、回顾简国贤的创作及死难。他理解述说受难者的血泪不难，述说血泪的"难以述说"性才难。已经发生的无从弥补，我们唯有借着不同的形式，不断尝试重组记忆，才能够铭刻历史的创伤于万一。《戏中壁》出入过去与现在，幻魅与真实，充满前卫色彩，却也是不折不扣的伤逝文学。

二〇二〇年，台湾作家朱嘉汉（1983—）以《里面的里面》引起文坛瞩目。这部小说聚焦台湾共产党创始者之一潘钦信

(1906—1951)的故事。潘钦信一九二四年就读上海大学时即加入革命活动,后奉命组织台湾共产党;"二·二八事件"后他潜赴大陆,一九五一年病逝上海。相较于同为台共创党者谢雪红(1901—1970),潘钦信的过往早已湮没。朱家汉抽丝剥茧,将潘极戏剧性的政治生涯公之于世,也同时揭露一桩家族秘密:潘钦信正是作者的舅公。

《里面的里面》以真实的历史为舞台,拟想潘钦信消失前的踪迹,以及他所预留的线索,有待后之来者的破解。朱嘉汉追寻被抹去的痕迹,聆听沉默的声音,思考那不可思考的事物,最终以虚构重新建构历史。"若只是口述历史或挖掘真相,就只能挖到'里面',而我试着把被掩盖的遗忘挖出来,小说才能'比里面更里面'。"

"九州生气恃风雷"——龚自珍在十九世纪登高一呼,号召变革,启动中国现代性的先声。从杨逵到陈映真,从王啸平、威北华到刘大任、张系国,多少豪情壮志以及随之而来的艰难考验,铸造一代又一代的传奇。上下求索,路阻且长,不变的信念是对文学正义与行动的坚持。借着"海上风雷"系列,我们重新检视革命历史版图,见证他们的青春之歌。

自序

I 在禁锢中重构
——时间、记忆与叙事

这是一桩历史事件,从真实到虚构,从荒芜的记忆现场到创作的当下,所经历的旅程。期间,历经了如何将事实予以想象化后,所产生的过程与结局,称不上魔幻色彩的弥漫,却因融合了真实与虚构,而增添了时间在人的世界里所带来的种种幻化与冲击。

这时,时间像暗黑隧道中,忽明忽暗的一盏灯,时而,在视线所及处,亮着,瞬间却又暗晦了下去,让脚踪在没有方向的方位间,探索着前行。所以,时间也是亡命者在记忆彼岸的流亡山路间,点燃的一堆炭火。风平树止时,突而,便失却了亮光;却在北风来袭时,旺盛地燃烧了起来,仿若一双双地下人的眼睛,愤怒地望着山下繁华的街灯。所以,简国贤,这位掀起"日据"末期与"光复"初期进步剧场风云的剧作家,在流亡山区的亡命生涯中,从相思林密布的烧炭窑望向城市繁华街灯,内心呐喊着一行诗:

> 北风啊!你尽情地吹吧!地下人正愤怒地看着繁华的街灯!

那是一九五〇年初叶,朝鲜战争爆发不久,"冷战"风云跟随美国在全球发起的"反共"肃清,地下党人在岛内山区踏上了艰困崎岖的山路。简国贤自不例外,在苗栗鲤鱼潭客家山区与大安溪一带,跟着烧炭工农劳动,尝试通过帮佃农写状子,状告不愿遂行"三五七减租"的地主,争取农工革命期间被军特追捕时的喘息机会,脚踪宛如踩过烧炭火星的种种惊惶,却也坚决地朝革命之路迈进。

这炭火,像是时间彼岸的一双眼睛,凝神望着时间此岸的我们。于是,我开始构思起一部小说——《戏中壁》,融合了记忆的真实与创作的虚构。真实,来自报告文学的田野踏查与阅读;虚构,来自想象的场景与情境。因而,角色既是根据真实人物的行踪,也是从想象世界中取材而来的铺陈。就这样,创作启程了。那已是一九九四年的时空,距离现在长达二十七年岁月。这时间漫长吗?至少,可以让一个刚步入青壮年的写作者,迈入初老的岁月。是的,对个别生命而言,是有一段时日,经历了这样或那样的波折与翻滚;然则,从一桩第二次世界大战后被压杀的历史事件来看,却又仅仅是瞬间的转换,只不过其间历经的历史被遗忘，让时间在此岸失去了彼岸的风貌。这令人感到错愕、惋惜、愤怒。或许，也是创作会发生的核心缘由：起始于冲动，而后自觉必须沉淀，以免横生杂质，无法面对那沙尘泥堆中，为理想而殉难的血。

就在小说出版的隔年，作家陈映真先生，在一本文学刊物上，写下了对这部小说关键性的评论。他在文章一开头便直面了当年台湾地区的主流政治与文坛："在这一段被当今台湾地区主流政治刻意抹杀和强欲湮灭的历史中……"这么与现实贴近的评论，仿若沉埋地底的矿石，被挖掘后，重现天日的紧迫。在隔了一段叙事后，他又从解析的角度出发，说着："八〇年代以降，以小说、纪实报告、电影、诗歌等文艺形式去沉思、重现和记忆那一段集体回忆中暗黑的隧道的工作，正在逐步开展。《戏中壁》就是其中一个虔诚而优美动人的成果。"在这样的叙事与铺陈下，他接着说："十余万字的小说，被一个明亮的理想，一个在充满杀身亡家危机的网罟下依然纯粹的执念所吸引，造成牵动读者阅读的紧迫与张力。"

当然，恰如映真先生形容，这是以优美的诗性散文完成的小说诗篇。可以说，这是贴切的形容。因而，在人物塑造和动作的辩证性上，暴露了不可避免的缺失。这或许是评论称作"禁锢与重构"的核心原因吧！

回首一九九〇年代初、中叶，这等禁锢跟随着对生命的追索，如影随行，毫无疑义；时至今日，仍是记忆中难以抹去的篇章。它曾经在小说中，被我重构，也被编成电影剧本，获得了最佳电影剧本奖。于今，再经二十七年岁月的磨砺，转化为废墟环境剧场上的演出剧本，与我的初衷几乎在一致的调性上。

其实，更早的时间里，小说中名唤惠子的女子，是阿贤这位主角的妻子，在风声鹤唳的大逮捕行动中，她做了一件事，这并非虚构，而是事实，只不过加入了作者如我者的一些想象性的场景罢了！

"你该不会都要烧了吧。"惶恐地，惠子问。
"不烧行吗？万一来搜家…你准被连累。"阿贤放低嗓门，说。

后来，他们一起将剧本和结婚照，放进一个饼干盒里，埋在后院的菜园里。这样，留下了战后台湾地区最重要的讨论社会阶级分化、贪腐政治的左翼剧作：《壁》。如果不是这本小说背后的真实人物——简国贤的太太，将剧本重新出土，台湾地区战后左翼戏剧，必将不见天日！话说回头，小说创作完成于一九九四年，虚构中埋藏着真实的成分：剧作家一九五四年仆倒于马场町刑场，这之前，大逮捕行动与流亡发生之际，家人在自家后院埋藏了剧本与结婚照片，从虚构到距离真实发生的时空，已有四十载的春秋。时间，当真恰如暗幽山洞中，忽明忽灭的一盏提灯。再隔二十六年光阴，来到二〇二〇年，当小说改编为剧本时，情境转化成了更简洁的对话。

这时，阿贤以鬼魂之身，回返家门，宛若光天化日下，惠子的一场真实梦境。

"烧了吧！"阿贤说。

"做不得"，惠子这时转作一名客家女子，伊说"烧了就什么都没有了！"

再有另一个场景，从小说转化为剧本后，历经时间的追索，维系基调却有所变化，也值得提及。阿贤流亡山区期间，情治单位经常来搜索或骚扰。一日，敲门声大作，在妆镜前，惠子安静地梳头。

"用手胡乱地抹一抹散发，一张瘦伶伶的脸半隐半现地，埋在凌乱垂落的发丝后头。乔装成疯妇的惠子……"

而后，就在木门尚未拉开之际，几名彪形壮汉已经迫不及待冲了进来……

"你们是谁啊！"惠子一脸呆滞的模样，痴傻地问着。

"谁？"带头的麻脸特务厉声吆喝，"我们是保安司令部派来……抓共产党的……"

两桩从小说到剧本的改编案例，仅仅简短地述说了，时间在此岸与彼岸间，历经的波折。先是一个漫长的四十年的禁锢，从一九五四年，剧作家在马场町遭枪决；到一九九四年，书写这篇在虚构与真实间往返的小说。而后，又经另一个二十六年的波折与回思，二〇二〇年，才以剧本的方式写就，并登上废墟环境剧场的舞台。

时间，一直在叩问着记忆将如何再生或者重生？我没有答案，只是一直在探索的旅程中，忐忑地反复质问自己，如何在禁锢与重构这个巨大问号下，面对人生道途中的记忆与书写？所以我说，这是回流，时间在长河中随着变迁的回流，不是倒带，更非重复。一如，映真先生为这篇小说的评论所定下的标题《禁锢与重构》。然而，历经时间禁锢后的压杀记忆，如何在小说或剧本中重构呢？又如何让此岸的当下，重拾并创生"冷战""内战""戒严"体制衍生下的胚胎？让彼岸的记忆，通过不间断地反思与抵抗，不再只是悲情回首，而有着在胎动中重现天光的时间感？

我在疑问中，不忘前行……

二〇一六年冬日，陈映真先生在北京过世，今年恰逢五年。近日，再次阅读他一九九四年，为我的长篇小说处女作《戏中壁》所写的评论，内心仍然激切并充满反思。以此，写下这篇文章，感念先生在我干枯的创作之路上，如温润春雨般洒落下思想与文学的启蒙之光。

戏中壁（小说）

照片提供：宋非我 / 翻拍：李文吉

冬夜，从一场梦境中转醒，凝视着幽灯下这张泛黄的旧照，开始写下这本小说的第一行文句……照片右边是剧作家简国贤，一九五四年春天仆倒于马场町刑场；左边是剧场导演宋非我，一九四七年"二·二八事件"之后经东京潜赴中国大陆，一九九二年，孤绝病殁于香港。

这是一部根据一段被历史湮灭的真实事迹所虚构的小说……

01

午后，轰隆隆的闷雷滚过天际，迢遥的远空逐渐聚起沉沉如铅色般的阴霾。隔顷，豪雨倾盆而下，落在白花花的芒草翻飞着的山岗上。

拖着长长车厢的一列火车，鸣着尖拔的汽笛声，蜿蜒而吃重地驶过山岗的腰底。雷声又轰隆地响起，雨水沿着火车的车窗成串奔急而下，模糊了在层层雾雨中飘摇的山色。

一张疲困的脸孔映在雨水打湿的车窗上。汗水从额头淌落而下，宛若雨珠子一般，他没有去擦拭，任由湿闷的气息盘踞在他沉郁地浊喘着的胸口。汗渍像扑扫过山岗的雨水，浸湿了他草绿色军服的胸扣地带。

火车驶过一个幅度很大的折弯，穿进漆黑的山洞里。车厢里霎时亮起几盏睁着红眼珠子般左右晃动的手电筒，灯筒在暗里搜寻，荡过一张又一张同样疲困的脸。

火车驶出了山洞，窗外仍然是一片阴霾。车厢内，吊挂在甬道上的旋转电扇噗噗作响地旋动着扇叶，却怎么也挥不散一股股窒闷的气息。

汗臭味沿着甬道在车厢内蔓延着。一双军靴从甬道的尽头沉滞地响了过来，后头尾随着几个套着布鞋的荷枪卫兵。

映在车窗上的一张疲困的脸，突然转过头来，语气委屈地问着枪兵：

"你们到底要送我们到哪里去？"

说着，身旁座位上的几张面孔，不约而同地将恳求的眼神投注在前头的那双军靴上……他们畏惧地抬起凝重而忧惧的脸。

军靴沉沉地响过，荷枪的卫兵尾随着走向车厢的另一头。列车在豪雨中穿行，像是又要伸进一个山洞，卫兵们立即机警地扶了扶吊挂在腰间的手电筒。

02

"啪哒！啪哒！"的响声剧烈地击打在日式屋舍的檐瓦上。突然间，雨势好似和缓了下来……雨水顺着滑亮亮的、斜斜的屋檐淌流而下，一片水帘稀稀落落地吊挂在木窗格子外。

雨水浸湿了后院里的一畦菜瓜地，屋舍里染着滞重的潮气。梳理得一身洁净的惠子，撑着斜斜的背脊，安静地坐在厨房玄关的木板梯阶上，手臂弯曲地铺览着一张报纸，她专注地读着报。

夏日，落雨的午后，木窗子下的一只炖锅在炭火炽烈的炉子上，蒸腾着白色的水汽，锅盖敲着沸腾的锅子，发出"嗒嗒"的声响，和窗外的雨声一起掀闹着原本寂静而索然的日子。

"瞧！报纸上刊载了'国军'七十师陆续开往平津战区，投入国共内战战场的消息。"惠子望着手中的报纸，讶然地说。

炖锅的雾气弥漫着几尺见方的厨房。惠子从玄关上立起身子，娟静的脸上抹着几许阴霾。她审慎地跋着厨房湿地上的木屐，走向木窗下的炉子，嘴里又喃喃地疑惑起来：

"上个月在天台戏院门口才看到字条……说是学普通话、供三餐、绝不送往大陆战区的呀！"像是自语，又像是对屋里的谁说。

说着，她将炖锅小心翼翼地端到炉子旁的饭桌上，顺手把水槽里的一壶水提往炭火炙红的炉上。

她安静地回过头来，探寻的眼神投到屋舍里，木窗外的雨声好似已然平息了下来。

闷湿而寂然的榻榻米席铺传来一席充满安慰和关注的话语："鸡汤热了……你歇着，不要起来，我给你端来。"

03

榻榻米席铺上，隔着一张薄纱般的蚊帐，阿贤躺在双层高高叠起的枕头上，一手握着一本搓成一团、册页折皱的杂志。

扇叶沉重的一台老旧电扇"呼噜！呼噜"地响着，吹起湿闷的热风。

"什么代志*啊？阿惠。"他嗓门沙哑地问，声音有些虚弱……

"喔！报纸上说，又有数千名台湾兵从基隆码头登船，准

---

* 闽南语，事情。——编者注

备开赴大陆战区。"惠子抬高嗓门,声音从厨房里传来。

帐子里,阿贤放下手中的杂志,两眼炯炯地贴在瘦削的双颊上,凝视着噗噗转响的扇叶。隔了片刻,他突然间像是想起什么要紧的事,吃力地将瘦伶伶的手臂弓在高高凸起的枕头上,想从席铺上撑起瘦弱的腰身,却发现胸口一阵子剧痛,接着便是持续好些片刻的慌咳。

"战争……打不完的战争,该结束了吧!"

阿贤紧紧地抿着薄薄的双唇,恍然听见胸膛里的肺叶像被沉重的脚掌踩踏过的枯枝,在荒地上"毕毕剥剥"地爆裂开来,整个屋舍片刻间在寂然中黯淡了下来。

俄顷,血,殷赫的血从他的嘴角汨汨地流淌下来。他勉强地撑起身子,用手背轻轻地揩去浓烈的血渍,神色漠然。

"怎么啦!又咯血了。"从玄关的木阶一脚踏上榻榻米席铺,惠子手上的鸡汤"啪嗒"倒翻在阶梯上缘。

04

雨后,夏日的午风袭动着庭院里怒生的杂蔓,稀疏的阳光从浓密的榕树叶间洒落下来,在阿贤端坐凝神的旧藤椅上散开碎如花格布般的叶影,他双手捧着一本书页泛旧的书。

庭院的角落,惠子挺着瘦瘦的腰身,忙于将湿成一团的床单拉抻在晒得着午阳的竹竿上。

望着碎阳晃动下，惠子沉静的背影，阿贤的心底突然间涌动着一股幸福的感觉。和风从庭院外缓缓袭来，他不自觉地耸耸单薄的肩胛，将滑落肩背的那件褐色夹克披回肩膀上。

"小说中写的战役，读来真是惊心动魄……不是吗？"惠子回过头来，略略抽动着嘴角，她说。

"生活里的当真比小说还令人惊惧。记得吧！一批批'独立旅'的台湾子弟在'皇民奉公'的口号下开往南洋的战区……"将手上的《战争与和平》平摆在膝上，阿贤抬起头来，苦苦地笑了，"盟军的B-29炸得台北满城焦味……现在呢？又是台湾子弟兵从基隆码头……"

"多桑*上星期才在诊所叮咛过的，要好好养病，怎么又忘了呢？"放下手边晾晒着的湿床单，惠子轻声细语地说。

"唉！人生……"

"别胡思乱想了，尽说些丧气的话。"

弯了个腰身，从竹竿底下穿到床单的另一边。隔着午阳下亮灿灿的雪白床单，泪水含在惠子布着淡淡血丝的眼眶里。

"人生只要能有用地活过，便无怨无悔，无论长或短了！"阿贤长长地叹了口气。

"能吗？好了！别老是折磨自己，该吃药了。"躬下身去，从竹篓子里捞起拧成一团的衣裤，惠子兀自在竹竿的这一端殷勤地忙碌起来。

---

* 日语中"父亲"的音译。——编者注

阿贤也兀自喃喃自语地不知叨念起什么来,像是"第二幕,人物的冲突……该……又……"一阵和顺的午风吹来,他又将沉思着的一张脸给埋回了小说的世界中。

05

窗外传来吱吱的蝉噪声。

一双膝盖跪在席纹已然显著疏落的榻榻米铺上,惠子使劲地撑开手掌,将一块拧得几近干了的湿抹布贴紧席铺,来回有条不紊地擦拭着……收音机里播送着音质模糊的流行歌曲。

汗水沿着惠子绾起的发髻涓流而下,滑流般轻轻滑过皙白的颈背,一阵阵地像湿雾般沾在雪白夏衫底下微微隆起的乳房上。蝉声噪耳,屋内却是一片寂寞和荒疏。阿贤端坐在靠窗的书桌前,愣愣地望着跪伏在榻榻米席铺上的惠子,有好一阵子,四周静悄悄地……窗外袭来一股夏日的和风,吹得案上的稿纸沙沙作响,一支取下盖帽的钢笔在风袭中缓缓滚动到桌角,阿贤好似都没察觉。他只是望着……惠子没有穿胸衣的、紧紧贴在薄薄夏衫上的乳房,心里头翻滚着一波又一波像是击打在礁岩上的浪花。他仿佛听见自己病弱中犹自亢然的喘息声,从空洞洞的、布满窟窿的胸口传了出来。

"剧本写得怎么样了……"惠子羞涩地拉了拉前胸的衣扣,

"进行得顺利吗？写到第几幕了？"

"喔——只写了大纲而已……没什么进展。"他结巴地答着，像从另一个陌生的国度里乍然回返。

一双被情欲激起的、显得有些失神的眼睛，在寂静的空气中，凝视着一张臊红得不知所措的脸。俄顷，一声沉重的叹息声，隐隐地从阿贤身上递送出来。恍然一切又恢复到仲夏日午后寂寥的闷暑中。

"昨天夜里，梦见榻榻米上淌满了殷红的鲜血，"阿贤刻意岔开话题，望着一片蝉噪的窗外，"血一直汩汩地流到玄关尽头，沿着阶梯缓缓滴落……滴落下去。"

话说得有些急了，又是一阵慌咳。阿贤顺手从衣袋里掏出了一方浆得洁白且棱角分明的手帕。

"又咯血了。"惠子慌忙地从榻榻米席上撑起身子，拎在手里的一块拧成团的抹布"扑通"一声栽进木桶里，激起阵阵污浊的水涟。

06

扶着阿贤瘦弱的身子，惠子哽着喉头上的一股气，缓缓移步到吊挂着蚊帐的榻榻米席铺旁。

"休息吧！明天再写。"她说着，强抑着内心的激动。

阿贤躺卧在席铺上，紧握着手帕的手掌沮着血丝……惠子安慰的眼神望着眼前一脸苍白的伊，而后，细心地将阿贤紧握成拳状的手指一一翻撑开来。

一阵晕眩，她忍不住号啕了起来。

07

黄昏时刻，斜阳从庭院的树荫间穿越木格窗子，稀稀疏疏地在榻榻米床上映着叶的漂影。桌案前的阿贤将手中的钢笔套上笔帽，审慎地摆置在堆叠有秩的稿子上。他回过头来，望着如水流般晃荡的叶影，出神，他感觉自己好似坐在游荡的木舟子上，漂过夏日的溪河，光影若现。下一刻，他听见了河水淙淙漫过石穴的声音，他好奇地，循着漂影溯迹而上，他恍惚中发现漂影尽头的玄关处，夕阳暗幽下来，再往前，门户半掩的澡房水声哗然。他望见惠子赤裸的背影，滑下宛若溪泉般洁亮的水痕……异样的感觉又在他开着银树花般的胸口，起伏着隐隐的疼痛。他失了魂似地惊觉背脊上奔流着阵阵冷冷的汗水。下一刻，他竟然察觉惠子笃定的眼神，从雾气蒸散的镜子里冷然而温慰地望着他。

从一场渴欲的梦魇中翻醒，像吐了一口沉沉的浊气，一切又恢复到病虚的状态中。阿贤的脸上，刹那间浮现难能一见的红臊，紧接着，他便垂下显得有些废然的眼睛。

一阵夏日的凉风穿越稀疏的叶影,荡过榻榻米湖心,掀翻书桌上的稿纸,片刻之间好似吹散了激涌体内的血气。好陌生喔!那略略显得有些瘦弱的裸背……滑落的水痕……那双笃定的眼神,阿贤的脑海中闪着错综的念头。

08

好似期待着久禁在肉体内的情欲像泄洪般,在片刻间奔荡殆尽,却又生怕不堪激荡的身心,一旦开启了闸门,恐将扫了大半的兴味。阿贤于是决定以短暂地回避来逃开复杂而尴尬的心情。他随手从椅背上拎起一件灰旧的薄外套,披在肩上,起身缓缓移步到庭院前的玄关处,门窗外是一片昏黄时幻化多端的彤云。

浴后的惠子披着和式衣裳,赶忙将书桌前的那把旧藤椅一声不响地搬了过来,连声吩咐:"坐着吧!舒服些。"

阿贤望着黄昏的远空,久久未语。惠子还担心着是不是又犯了胸痛,刚想细声询问些什么,就听闻阿贤低沉的嗓门自语着:"这天怎么变得这么红……这么……"

"是啊!像盛开的玫瑰一般鲜红……"潜意识地觉得该说些乐观的话,惠子脱口而出。

"喔!不,应该说像血渍般殷红。"

惠子听了，先是愣了一下，接着将双手轻轻抚触在阿贤披着外衣的肩胛上，语气轻缓地说："多桑说过的，多休息，很快就会好起来了！"

09

夜里，惠子陪着阿贤在客室里喝茶，刻意地谈论着终战前新剧界种种美好的回忆。

惠子早有发现，只要谈起新剧，伊就会像脱胎换骨似的奕奕有神起来，比吃什么良药都有功效。

"记得吗？那出叫《阉鸡》的戏……林桑导的。"惠子呷了口热茶，眼里溢着兴奋的泪光。

"改编自张文环的小说，怎么会不记得呢！"阿贤兴味盎然地谈着，宛若病魔早已抛至脑后。

像病体痊愈了的人一般，阿贤神色飞扬地称赞《阉鸡》是终战前最富代表性的台湾地区剧作。

"是相对于流于口号式宣传的'皇民剧'而言的吧！"惠子心底明白阿贤想畅论下去，蓄意虚心地询问。

"也不仅如此，像剧中所描写的台湾人……短视好利，"阿贤的脸上流露出久未现形的傲岸，"恰恰是在批判殖民地子民的悲哀。"

几上的热茶凉了。惠子望着眼前侃侃而谈的阿贤，心中一股温慰的暖流，像逝去的潮水般又推涌前来。她陷进了记忆的景象中。

10

在记忆里。

舞台上的灯光显得有些昏暗，场边响起了声调幽怨的台湾民谣，舞台下观众屏息地专注着，无声无息。

舞台中央，先是咳声连连，而后弓坐在床榻旁的女角缓缓弯下腰身，将躺卧在榻里的男角搂上胸前，紧紧环抱着。隔着薄薄的一层纱帐，她低泣着说：

"呒*关系，阮**还可以重新开始。"

她像奶着怀里的幼儿般，一手轻轻拍触着紧搂着的男角。沉重的咳声一阵接着一阵传遍了舞台，像要将病榻都咳垮了……

"还可以重新开始的……"记忆中，女角在幕落前的最后一席话，是这样子说的。

---

* 闽南语，没有。——编者注
** 闽南语，我；我们。——编者注

这以后，惠子犹清晰地记得，终场时，在一片哗然的掌声中，阿贤紧紧地握着她的手，兴奋地朝着低下腼腆的脸的她，说着，"是啊！还可以再开始的……"那是头一次她那么笃定地感受到男女之间像挚友般互信互重的情爱。那也是她头一次应允和阿贤一起出现在文化界友人的面前。

11

收音机里传来讲古*的声音，是宋导熟悉的低哑嗓音，将惠子从忆往的情境中拉了回来。

"现在，就由我来给大家讲一个'土地公游台湾'的故事……若是讲到这个土地公哩……自从上回在节目中，我给大家讲到土地婆苦劝伊呒通**到处游走……社会状况让人感到很是惊惶之后，阮这个爱管世事的土地公，就在家里隐遁了一阵子……但是，现在，伊又脚底痒了起来，讲伊想要去台中转一转了。"

愣了好长一段时间，惠子与阿贤都被这突如其来的一段广播给震慑了似的，久久未曾互语。

阿贤原本想询问惠子到底在冥思静观些什么，陷入了默然的状态中。这时，却既兴奋且惊讶于收音机里传来的声音。

---

*　闽南语，说书，讲故事。——编者注
**　闽南语，不要。——编者注

"不是宋导吗？伊的节目停播有一段时日了，不是吗？"惠子状似恍然地问着。

"对啊！是伊哒，"阿贤耸起瘦颊上两片高高的颧骨，若有所思地微笑了起来。"又在电台放送'土地公漫游记'了！"

他们在骇然中面面相觑，似有默契地漾起了矜持的笑容。窗外，在街灯幽寂的映照下，一株山茶绽放着朵朵嫣红的花蕊，像极了他们这一刻惊喜中的两张笑颜。

12

广播电台的播音室里，一片巨大的灰墙上挂着一幅地图，几乎占尽了墙面的四分之三。宋导面对着刮了几些明显划痕的玻璃窗，手握着一支架在桌案上的麦克风，兴致盎然地说笑起来。

他矮矮的身材，悬着一双腿肚，斜斜地坐在高高耸架起来的旋转椅上，显得有些风趣。但他微微驼起的背影和身后那幅偌大的地图，却形成极其不相匹配的对比。

他对着麦克风扮弄了一张古怪的笑脸，接着又说起土地公的游历来：

"土地公在台中火车站前的一排杨柳树下坐了下来，正想歇一阵子，却望见成百上千的民众，列队在广场上等候接收专员刘存忠的抵达……锣鼓声喧闹街头……"

隔着一层厚厚的隔音玻璃，在播音室外的回廊上，电台的李导播一脸忧愁地沉坐在柱子旁的沙发椅上。李导播双手插在胸前，垂着铅重般的灰脸，静静聆听着宋导广播的声音，从玻璃窗旁石柱上吊挂的扩音器里，字句辨明地传了出来——

"刘存忠的专车抵达火车站时，地方士绅一伙人潮涌般拥上去和他握手寒暄。就在此时，阮这个世面开阔个土地公伯，仿佛闻到一阵阵馂味*从破落的灶脚溢了出来……"

李导播听闻到"馂味从破落个灶脚……"时，实在是按捺不住满腔的焦虑，抖了下身子，便从座椅上立起身来，连忙一脸难色地向玻璃窗里的宋导做出尴尬的手势。

在玻璃窗的那一头，宋导无言地苦笑了起来。他一跃蹬下了悬在地面上的双脚，从播音室里摇摇摆摆地走了出来，望着李导播无可奈何地摊一摊双手。

"宋导，"搭着宋导的肩，李导播赔笑脸解释说，"时机愈来愈差，我实在是担心……"

"你是担心外头的老百姓生活愈来愈艰苦，还是担心被停播？"宋导神色从容，促狭地询问着。

李导播连忙边道歉边耸着他那瘦瘦的肩胛，煞有其事地说是在这个敏感的时候批评接收专员，实在难料会有什么后果。

"免烦恼，安啦！有事我来担就是啦！"宋导还是语气轻松地答着，充作无事状，"喔，明天转个弯，不那么直接就是

---

* 蒸熟的米饭味。——编者注

啦！"转身离去时，又回过头来补了这么句话。

"是啊！转个弯嘛！免得惹来大麻烦……"李导播听闻宋导说可以转个弯，心底一块沉重的石头，仿然落了下来，"还有……可否请宋导明天早上先托人将广播稿送来电台。"

"喔！"宋导有些不悦起来，却依稀语带调侃地说，"要先检查是吗？这岂不是《倒退噜》，学日本政府的作风啰！"

李导播从他苦瓜般拉得长长的脸上，硬是挤出一丝无奈的笑容来，指手画脚地说是要先帮着誊写稿子，放送时比较顺，绝对不是什么"检查"那码子事。

"好啊！要检查就来检查，谁怕哩！"宋导心里头明白李导播的为难，却装作愠怒的模样，"日本警察最在行检查剧本了，都没能难倒我，就不相信这回会栽在你手里。"

"呒啦！"李导播苦笑着，眉宇上锁着一层暗澹。

13

电台的柜台小姐，从回廊那头缓缓地走了过来，在宋导的身前几步恭敬地躬了个腰，轻声地转告外头有访客的事。

宋导正为没话可说而发着愁，恰好逮着了这个可以脱身的良机，急忙向导播表示有急事得先走一步。

"我会再来的……别操烦。"宋导煞有其事地说着。

"喔！别忘了……先送剧本来……"
"再说啦！"

14

穿过柜台，宋导正慌忙地探头找寻前来找他的人。

从柜台上方的雾窗，一眼就瞧见剧团的资深演员老伍，在电台的门口候望着。

宋导推开门去，正想嘻嘻哈哈地和久未谋面的老伍打招呼，却发现额上披着散发的对方，脸容有些憔悴地靠在走廊的墙上。

宋导关切地询问着老伍什么事让他这般枯索，边从口袋里掏出皱巴巴的纸烟，察觉老伍只是沉默着，摇摇头，神色低郁。

两人于是拉着长长的背影，步行在行人稀少的街头。阳光从街道旁的矮楼间照射下来，有些刺眼。老伍像是难以忍受这白花花而索然的日午时分，挥着手势要宋导和他一起躲到阴凉的骑楼底下。

理一理额上的乱发，老伍伫立在骑楼下，终于打破了那么一阵子的沉默。他先是用两根指头在嘴唇前摆了个想抽根烟的手势，示意宋导递根烟给他，而后，便等着回答宋导时机恰然的询问似的，点燃了纸烟。"怎么回事，一脸惆怅的模样……"

宋导果然关心地询问起来。

"喔！没什么啦……"喷了口烟，像早就备好底稿，老伍答说，"还不是阿贤的事。"

"阿贤，怎样了？"宋导惊讶地问道。

"老毛病嘛！咳得愈来愈凶咧！"老伍表情忧忡地，抬头望着骑楼拱廊上的一窝燕子。

两人谈着，隐隐的叹息声在酷热而寂寥的骑楼间，轻轻晃荡。一群燕子啾啾吱吱地挺着笔直的剪翅，飞掠出檐廊，在街道的晴空下疾驰地飞旋着。

望着没再搭腔下去的老伍，宋导沉默了半响。就在那刹那间，他的心神被对街的一幅景象给吸引了去。老伍也睁大了他好奇的眼睛，循着宋导的神色，伸长了脖子望着对街。

先是阵阵七嘴八舌的喧哗声，从街角的一个烟摊前传了过来，像是在议论着什么取缔私烟的事情。隔着一条大街，宋导仍然可以感受到某种不安的气息。他转过头来，便发现刚才还忧忡着的老伍，此时，表情上似乎变得愈加沉闷起来。

隔顷，烟摊前的议论和纷争恍然沉寂了下来。人们纷纷在一阵子好奇目光的牵引下，回过身来望见一桩有趣的事情恰在街上发生：一对盛装的男女，在门墙上高挂着"厚生医院"匾额的拱楼前，并肩站立，摆出一副准备在镜头前留下端庄身影的姿势。

匾额的正前方，微弓着腰的摄影师，将他的上半身全然覆盖在一块黑绒布底下，露出一双粗黩的手在镜头旁调弄着焦距。

摄影师举起左手，盈握了拳头，在拉下快门时，轻轻地松了掌。围观的人们都像在等着这个时刻到来,兴冲冲地鼓起掌来。

"也是一场街头表演喔!"宋导朝着老伍爽朗地笑着说。他好似突然又回想起片刻前的话题,接着说:"肺痨病的人容易悲观,阿贤的个性,我最了解,需要朋友的鼓励……"

"是啊!隔一阵子,一起去探望他。"经宋导一席说解,老伍脸上的阴霾散去了些许。

宋导询问起已经星散了一阵子的圣峰演剧团,几时才能再重新组织起来,言谈中颇为自责因电台忙碌无法经常去关注招募新血的事情。老伍一谈起剧团的种种,立即将忧患抛得远远的,抡起他学过精深武艺的拳头,架势十足地说着前些时日参加《月夜的码头》一剧演出时,和钟声剧团的团员们交往的情形。演戏总是令人感到振奋有加,但要组织演员们一起排练,经常困难重重。这是老伍和宋导共通的经验谈。

"现在,就看阿贤那出戏写得怎么样了。或许,是剧团重新组织起来的契机,也说不定喔!"老伍拍着宋导的肩膀,示意他别尽是怪自己用心不够。

"喔!我听说了",宋导搔弄着额前的头发,思忖片刻,"就是那出叫《壁》啊——什么的戏,是不是?"

"对了,就称作《壁》,很有现实感的戏哩!"老伍讲到"壁"ㄅㄧˋㄚ*这个字时,嘴唇抿得紧紧的。

"怎么,你读过剧本了吗?"宋导好奇地问着。

---

* 注音,可释为"欺瞒"。——编者注

"没啦！去看阿贤时，听他说的，"老伍若有所思地说，"听说是描写什么奸商和乞者的故事。"

老伍转述着阿贤在病中如何向他形容舞台上摆着一堵壁，隔着贫富有如天渊之别的两个世界。宋导沉思着聆听，连连点着头，示意他懂得阿贤创作的意图。

"有没听阿贤谈起要找谁来导戏啊！"宋导刻意戏谑地询问着。

"嗯——"老伍打趣地拉长了调侃的语气，"三八兄弟*，不找你还谁啊！"

"喔——"宋导移后一步身子，专注地端详老伍，片刻后，谑弄着回道，"我当导演，那你不就最适合演那奸商了嘛！"

15

街道这头，两个中年人在相互戏谑中忘却了酷夏的寂寥；街头那边，人们在静默中围观着一对等待在镜头前留影的情侣。日晒的焦躁仿佛在对话和沉默的交错间消失得无踪无影。

然而，愉悦的片刻似乎也难以在街头稍稍驻留。正当那医院拱楼上的"厚生"两个大字，像睁大了喜悦的眼睛，端视着街

---

* 闽南语，别开玩笑了，兄弟。——编者注

头光景款款发生之时,一场潜伏着的危机正准备上演。

"哗——"的一声,一辆满载身着灰绿色军装士兵的敞篷卡车,突然,从街道尽头疾驶过来,在经过医院门口时,猛然喷溅起浊浪般的水花,随后是阵阵狂狺般的嚣叫声,传遍了街头。

老伍和宋导收起嬉闹的面容,茫然地望着对街一哄而散的人群。

军车疾逝。

当哄散的人群回头伫立时,只见医院前的街道上,相机七零八落地摔在地上,三脚架歪歪斜倾在一旁。

一股夹缠着愠怒与无奈的情绪在空气中蔓延着……

街角上传出了一声:

"干!夭寿兵仔。"

悻骂声浊重地飘在仲夏酷暑的街道上。

16

宋导深深地叹了口气,从裤袋里掏出一张折得整然的手帕,轻轻地擦了擦喷溅在衣襟上的几滴浊水。望了望身旁愤气久久未消的老伍,他表情漠然地回头踱步而去。

老伍见状,一身拳脚功夫紧快地随后跟上,想殷切地询问宋导对于刚刚发生在对街的事件到底怎么想。

话刚浮到嘴角旁,他却打消了念头,不想再去提那桩令人愤怒的事情。

他们一前一后走着,来到天桥底下,几处点着煤油灯的小吃摊,蒸腾着漫漫的雾气。烟雾背后是一张张摊贩们索漠的脸孔。

"宋导,"老伍转了话锋,改口询问着,"你在电台的放送节目还能继续下去吧!"

"怎么了?你听到什么风声了吗?"

"喔——没有。"老伍沉默了半晌,接着说,"只是,刚刚听到你讲古谈到接收专员时……像欲言又止似的。"

"是啊,导播担心连电台都一并给接收去了。"宋导说着,忙于帮老伍点燃夹在指缝间的纸烟,正准备也擦亮火柴,点起含在自己唇间的烟支时,突然听见身旁的老伍低声啐骂着说:

"干,真是恶霸……还要士绅们找那些回不了家的日本女人,陪着睡觉。"

他们几乎是不约而同地涨起恼火有加的脸。下一刻,就在彼此怒视的目光轻轻接触之时,便听见身旁不远处,车夫们齐声斥喝的辱骂声。

"喂,你这个阿山仔,光天化日下也胆敢做贼。"车夫粗厚的嗓门传遍街角的天桥下。

路过的人群争相聚过来围观,刚刚厉声骂话的车夫于是盛怒地向路人们埋怨起来。他愤愤然指着一个衣衫褴褛、倒卧在三轮车旁的中年人,说是这个阿山仔居然想偷挖走装在桥墩底下的水龙头。

"连这个水龙头也想盗去卖……"他悻悻地问着。

"他不是要挖去卖,是想敲回家安在墙上当水龙头。"路旁围观的人,这么应答起来。

"什么……安在墙上?"大伙哄然,七嘴八舌地笑成一团,"笑破囝仔的肚脐,安在墙上就会有水自然而来吗?"

几个车夫放大嗓门嘲弄着畏缩地躺落在地的人。一个激动的路人在阵阵怒责之后,趁机想抡起动粗的拳脚。

在人群外环围观的老伍,眼见情势有些不妙,以他拳头师傅的手脚轻轻拨动着人群,刹那间跻身进人群。他蹲了下来,将倒卧的中年人一手扶上身来,顺手挡住了想动粗的路人。

"原谅他一回吧!不懂才犯错嘛!"老伍摆了个架势,用身体扶挡着落魄的中年人。

车夫们看老伍一身拳脚架势,先是有些激怒,听他说了这么句"不懂才犯错"的话,才稍稍消了满腔的火气。车夫中的一人似乎还不服输地啐了句:"阿山仔……拢总该打。"

"也不是全部的阿山仔都是坏人。"人群中的宋导,抬高嗓门劝说,"有贪官,也有被拉夫的可怜百姓。"

人们眼见老伍和宋导一武一文地在为惊怕中的外省中年人卫护与辩解,这才收拾起内心积蓄的愤怒,转身散去。

17

衣着破敝的外省中年人，在人群纷纷散去之后，疲累地扶起倒落在地的那部自行车。

宋导趋身前去帮他弹弄一下身上的尘埃，要他赶快回家去，免得又遭什么灾殃。他回过头来，感激地顾盼着立在一旁的老伍。

老伍向他摆了个赶快离去的手势。他点着头，有些吃力地握着手把，缓缓牵着自行车往路的那头踱去。

孤寂的身影渐去渐远……

老伍和宋导靠在天桥底下的石柱子上，身边围聚着蹲在地上的车夫们……

"时局真乱，米价一天一天地涨，大家都难度日子。"宋导说着，望望车夫们。

老伍见车夫们好似能理解宋导指称的"大家都很辛苦"的意思，兴味盎然地询问起大伙儿有没听过"土地公漫游记"的广播节目，没想车夫们都微笑地颔起首来。

"伊就是节目的放送人，宋导演啊！"老伍搭着宋导的肩，这么介绍着。

车夫们一齐将钦慕的眼神投注到宋导身上。

18

宋导提议不妨找个机会让剧团的团员们再度聚一聚,谈谈有没有再度复出的可能性。

老伍不免联想起他前阵子与钟声剧团一起演出的事情。他给宋导的回应是:一起到基隆去看看钟声的编剧所写的一场戏的演出。借此或许能将星散的力量重新凝聚回来。

"一场由酒家女演出的戏码哩!"

"什么?酒家女。"宋导疑惑地问,"为什么找酒家女来演呢?"

"你刚刚不是说了嘛!时局不好。"老伍调侃着说,"避人耳目嘛……"

"喔——"宋导若有领悟地应了一声,连忙补充说:"明白,可以明白……"

19

午后,天空落着散沙般的雨水。火车从台北车站驶离时,雨水恰好将车窗上处在最角落的一块玻璃沾上了雾蒙蒙的气息。

火车驶离车站后不久,经过一处平交道。隔顷,车窗外当当作响,平交道的栅栏缓缓地升了起来,一辆三轮车吃力地越过铁轨道。车夫拼搏着全身的气力挺起斜斜的腰身,跟随在奔着脚步、过往平交道的行人后头。

从车窗上,宋导隐约望见三轮车在越过平交道后,缓缓地停歇在一栋日式屋舍前,而后,便远远地见着喘着重息的车夫,在屋舍庭院门墙外的一株榕树荫下擦拭着额头上的汗水。

"社会动荡不安,最吃亏的便是底层的民众。"宋导状似感慨地说。身旁座位上的老伍,将眼睛的余光从雾窗外的世界拉了回来,隐约感觉到端坐在对面硬沙发上的小李与明洁,正满心期待着宋导能多谈些什么重要的事情。

没想,宋导却久久不吭声。还是老伍颇懂得察言观色,生怕小李、明洁失去了和宋导对话的时机,随即从置放在膝头上的手提包里取出一本书页泛黄的书来。

书的封面因经久摩触,已经显现出敝陋而老旧的形样,但烙印在封面上的书名"阿Q正传"却依稀泛着黝黑的泽光。标题底下印着一幅版画,格外醒人目光。

小李从老伍手中接过书来,凝望着木刻版画浮显的图案:一个躬屈腰身的苦力,默默仰着一张茫然的脸,正准备扶起身后的黄包车。

版画浮凸地印在陈旧的纸页上,依稀可见利落且劲道十足的刀法。明洁望着平放在小李双手上的书页,连番点头称赞版画所表现出来的,让任何人都能感到亲炙的格调。

"在美学上,我们称它作有强烈的庶民风格。"小李解释着,用双手细心地扶一扶夹在他颜颊两侧的金丝边眼镜。

"嗯——"老伍接着小李的话说,"这也是鲁迅文学中典型的创作风格。"

听着老伍和小李一席跌宕有致的文学对话,宋导望了望在一旁娴静沉思的明洁,突然兴起了加入谈话的念头。于是,他便也以其一贯低沉的嗓音谈起鲁迅文学中对人性荒败、废然的嘲弄与讽喻。

宋导说,读鲁迅的小说,免不了让人感觉像置身苍茫天地里的游魂,字字句句都在穿透社会底层的悲哀。

小李听闻宋导提起"游魂"两个字,不由自主地联想起前些时日阅读"日据"时期无政府主义者宣言时,读到的"生前死后皆是无寄的孤魂"一席话语来。

"从生前到死后,从人间到梦境,彻底改造阶级社会对自由人的压制。"望着窗外不断飞逝的山色,小李的表情中,透露着某种神往的讯息。

"无政府主义思维……近来似乎较过往消沉了许多。"老伍好奇地询问起来。

"黑色青年只有短暂的沉落,却永远不会消亡……"小李一席自我诠释的话语,引来宋导的啧啧称奇。

"嗯——无政府主义者哩!"沉思了一会儿,宋导这么说着。

20

似乎，从鲁迅的庶民文学到无政府主义激进、彻底的解放思路之间，犹依存在着宋导对改造社会采取的较为迂回的道路。

这迂回的路线对宋导而言，是一种衡诸社会发展的物质基础，进而实行革新的策略。

这想法闪过脑海的下一刻，宋导便很有技巧地将话题转到剧团发展的事务来。

"还记得，前两年我们在大稻埕演出的那出《司法官》的戏码吧！"朝着小李和明洁，宋导关切地询问着。

明洁听到宋导以长者循循朴厚的语态问起那戏的内容时，像又回到终战前的岁月一般，兴奋地谈论着她在戏里扮演女贼的种种记忆。

老伍在一旁却充当起剧评家的角色来。他分析着《司法官》这出戏的内容：在于教化殖民地子民遵守司法制度的文明性格，同时不忘去关切社会中底层民众的挣扎。"戏里头的女贼，"老伍谈话时，不忘笑着望一望沉湎在回忆里的明洁，"没钱喂饱女婴才去偷窃，最后，司法官还是原谅她了……"

明洁连忙抢话说，"不仅原谅了她，剧终时，司法官还和女贼成了婚。"

车厢内，几个人热烈地对话着，谈得脸颊上都热烘烘地，还不罢休。列车驶离都会之后，便疾驰在丘陵散布的田野间，隔不久，窗外就出现了一片雨后犹泛着几许苍凉气息的矿山了。

宋导这时见老伍和明洁谈话到一个关节点上,才徐徐地论起他的想法来。"其实,重点还在这出戏也出现了司法官小生上战场投军去的场景……你们又如何看待呢?"宋导问。

大伙儿先是陷入沉思中,片刻之后,小李才豁然领悟地说:"还不是为了虚应一下'皇民剧'宣扬南洋征战的检查制度。"

"这就对了!"老伍恍然大悟地呼应着小李的开悟。"反正观众并不知道要去打什么仗嘛!"

21

战争末期,日本发动南洋战争之际,要求岛内的文化人士组成"皇民奉公会",演出"皇民剧",事事皆得先通过检查才能搬上舞台。宋导的意思是,在当时战火弥漫的气息中,日本政府要本岛的剧社演出"皇民剧",迫于让戏能顺利推出,达成教化殖民地子民的功能,像《司法官》这样的剧种便总能在虚应局势的前提下,顺利地被推上舞台。

这样的策略,对现今的情势而言,有时也不能免。

宋导于是双手一摊,刻意装出一副神秘的模样。他逗笑着问:"猜得到的人有赏,到底到哪里去打仗呢?"

老伍则刻意板起他那张方字脸,抚弄着他额上的发丝,一脸严肃地轻哼起日本军歌来。

小李见二老戏弄着,也学起老伍抚抚额发,挺起胸膛和明洁行了个煞有介事的军礼。

几人在车厢里哄笑成一团。

列车穿越午后落着灰蒙蒙雨势的矿区,缓缓地驶进漆暗的山洞里。

22

火车站前的广场,雨势滂沱,哗啦啦地袭打着水沫喷溅的泥洼。

往前望去,越过广场彼端,迷蒙的码头里停泊着数十艘在雨中左晃右荡的军舰。码头的右后侧,微微凸起而起伏有致的山色,在雾雨中蜿蜒。

车站的檐廊底下,一些刚抵站的士绅装扮的旅人,围聚一堆或闲聊或吸着烟,在落寞的氛围中等待雨势的歇止。

突然,一个身材精壮的码头工人拉着满载货物的一辆板车,从雨势中高声吃喝着冲进檐廊底下,他跃了一下身子,喘息声在四周回荡,汗水掺和着雨水从他的身上奔溅而出,一旁的士绅迅即拉开盛装的妻儿,纷纷走避到候车室里去。

檐廊下,一张雨势无法波及的长木椅上,端坐着宋导和老伍。明洁倾着肩背靠在木椅旁的石柱子上。

明洁张大了圆睁睁的一双眼睛,急忙地询问着来码头城市到底是看什么好戏上档。宋导回过头去望望身旁的老伍。老伍这才笑开了厚厚的唇角,说是特地来看酒家女演出反映现状的敏感戏码。

"是张渊一手编导的……"老伍笑称。

"是钟声剧团的张渊吗?"明洁问,"为什么不找职业演员呢?"

宋导听闻明洁询问这个熟悉的话题,刻意敏感地四处张望一番,而后才说:"避人耳目呀!"

明洁好似片刻间清醒了过来,直点着头。她发现广场上的雨渐渐停歇了下来。

这时,老伍才又担忧地问起小李的下落。"说是上个厕所而已,怎么搞了这么久?"他有些不耐烦地念叨着。

雨停了,候车室的旅人们纷纷拾着行李离开。码头工人拖着板车奔出广场,飞跃的脚步在泥洼上溅起阵阵水花。

明洁这才望见小李从转角处走了过来,刚要开口质问为何上厕所拖了这么久,却又发现小李的脸上挂着一副繁杂的表情。

走近身来,小李将眼光从明洁身上移开,直盯着宋导,而后使了个眼色示意宋导回过头去瞧瞧。

"刚刚在厕所里,隔着低低的木窗,从细缝中就瞧见他们在巷弄里集合……"小李悄声地说,"你瞧,个个垂头丧气的模样。"

老伍、宋导和明洁听小李这么一说,分别回过头去:一队约莫是一营兵力的军人，身上披穿着不合身的灰绿色军服，捎着日军遗留下来的步枪，正从广场前列队经过，朝向码头……

"'国军'七十师……"老伍沉思半响后，叹了口气说，"全都是台湾团仔，准备登舰前往大陆的战区。"

明洁个子比较纤细，在往来的旅人间踮起脚尖，像在寻找什么熟络的人。小李连番追问了几回之后，她才答说，在乡下的婶婶前几天行色匆匆地前来她家找儿子，说是在家里留了张字条，表示要到部队里去从军，就失去了踪影，叔叔因而气急败坏地打断了饭桌的腿。

"小堂弟，你家的细汉仔嘛！"小李一头雾水，"他怎么会这么想不开呢！"

"唉！你晓得叔叔家穷嘛！三餐不继的佃农，"明洁解释说，"三分地耕不到战争结束，地主就喊着要起耕。"

这时，在旁的老伍叙说着，就他亲身的耳闻，大部分前去部队的都是穷人家的孩子。他还顺口问了小李有没细心瞧瞧候车室布告栏上的征兵告示。

"没有啊！怎么说的……"小李茫然地答称。

"怎么说的，才是重点呃！"宋导朝着老伍苦笑了一会儿。

"说是月俸二百元，可以学普通话找到好工作……另外……"老伍接着话说。

"另外，"宋导很有技巧地将话尾给接了过来，"绝不离开台湾，说是半年就给退伍回家，对吧！"

"这一下子，细汉仔当真回不了家啰！"明洁的眼前出现一片灰蒙蒙的景象，喃喃自语着说。

23

晚餐时分,港都酒楼的檐廊上吊挂着几盏彩饰着山川风物的灯笼。灯影轻晃,回映在廊前石板街薄薄漾着一层水波的地面上。

行人往返,带着几分醉意徘徊在灯影恍然的街角,来到酒楼前,嬉笑地和正忙于招呼客人的酒女弄嘴,一脚踩踏过晃灿灿波动在街路上的灯影。

酒楼二楼的房里,这时正摆了一桌盛宴。

楼外的海风轻轻拂动着艳红灯彩下飘飞的窗幔。

几名浓妆艳抹的酒女,身着色泽鲜丽的旗袍,静静地恭候在酒席的一旁。

宋导他们几人踏进檐廊底下的门槛时,守候在门前的酒女不约而同地朝着拳闹声此起彼落的厅房吆喝了起来。

"客人进门,请坐——"

酒女们边垂首躬身边吆喝着,跟在后头的明洁尴尬地朝着一旁的小李笑着。小李灵机一动,突然间促狭地面向门槛前的一位酒女说:"女客进门,怎么侍候呢?"

酒女反应机警,立即从襟扣间抽出一方薄纱丝巾来,在明洁的眼前挥晃了几下,连忙嬉笑着说:"来者是客,不分男女。"

明洁拉着小李宽宽的衣袖,忍着笑容,狠狠地瞪了一眼。

拳闹中的酒客听闻这么一声吆喝,说是"不分男女",纷纷停下嬉闹,转过头来望着明洁,而后开怀地击起掌来。

张渊兄这时涨红着一张醉颜,从酒席间迎面踱步前来,和宋导握了个手连声表示欢迎,并招呼着他们上二楼的楼房。

踏上扶手雕着花饰的楼梯木阶时,走在前头的宋导像是记起什么事情,顿时停下脚步,回过身来问小李和明洁:"这是张渊兄,优秀的剧作家,你们认识吗?"

小李轻轻点着头,正想说话。走在后头的张渊立即嬉笑地拍拍小李的肩膀答称:"你认不认得我,我不晓得;但我认得你的祖师爷维贤兄,无政府主义剧作家……"

"噢!"小李有些惊讶地望望大家,"那么,有关黑色青年的种种事迹,你都熟悉啰!"

张渊连忙客气地声称他懂得一些,但自己并不是无政府主义分子。

上了二楼,在酒席旁,大家彼此寒暄问暖。张渊瞧了明洁几眼,搔着头问起明洁,说是像在什么地方见过面。

明洁恭敬地欠着腰身,介绍自己是惠子护校的同窗,曾在惠子父亲的诊所帮忙。张渊这才恍然大悟,忆起几回到诊所找阿贤谈剧团事务时,喝过好几回由明洁端来的热茶。

"阿贤兄,他还好吧!听说身体不适。"张渊关照地询问着。

"结核病呃!要时间治疗……"一旁静默良久的老伍,这才说起话来。

"喔——阿贤兄,他写的那出《阿里山》很成功的哩!"张渊抚一抚他瘦瘦的颜颊,沉思地说,"有才华的人……是同行啦,都是写剧本的……"

这时,老伍朗笑了起来,蓄意拉高了嗓门说:"都是阮宋导合作无间的剧作家。"

宋导见老伍又在调侃他,淡淡地浮出一张漠然的脸,自我解嘲似地用手掌摸着胸口,而后,状似神秘地苦笑着说:

"都曾经有过一颗殖民地子民的灵魂,在故乡度过流放的生活……"

一席意味深远的话语,引来大家深深的回思。

置身在这深思氛围里的小李,似乎了然宋导谈笑中不忘情于哲思的情怀,但他却很想从这让他觉得稍稍不适的情境中疏离出来。

"没想宋导的诗意竟然也如此无政府主义哩!"小李跟着苦笑地说。

众人哄笑成一团。

宋导点燃夹在指缝间的纸烟,拍拍小李的肩膀,回了句:"诗情有些无政府主义的味道,导戏可一点都不倾向黑色孤魂喔!"

小李只是有点尴尬地苦笑着。

24

酒家的老板坤松老大,从楼梯间架势十足地踱上了楼。一阵海风从窗外吹袭进来,吹得身材显得有些过于壮硕的坤松老大,直呼是个待客的好日子。

张渊选择靠窗的席位坐了下来,便放开了沙哑的嗓门招呼宋导一伙人入席。

形式上,当然还是由张渊作为引介的人,一一向坤松老大介绍了宋导、小李、明洁以及老伍。

介绍后,张渊举起桌面上一只细细地釉彩着山川景致的酒杯,邀大家干杯。而后,便行色匆匆地表示戏马上就要开演,他得先到后台去张罗一些演出的事。"高砂戏院就在这转角附近,请坤松老大陪大家走一趟。"他向坤松老大恭敬地点个头,顺口向在座的人表达了谢忱——感谢港都酒家安排演出,还特意挑了陪酒小姐粉墨登场,还感谢宋导几个剧界朋友的捧场。

坤松老大凭他在道上混过几十年的历练,自然是擅于将场面撑得阔气而恰到好处。他张开豪情的一双手臂,用他低沉的嗓门客气地逐一敬酒时,宋导、老伍、小李、明洁都直觉地隐约联想到他们像是泊荡在码头里的船舰,被两道长长延伸出去的防波堤给适时地圈护了起来。"拢总是剧团的前辈,来,我敬大家一杯。"仰首一干而尽,坤松老大开怀地朗笑着。

宋导见酒席上的话题逐渐被引导到剧团的事情上来,顶着几分醺醉,便也酒后吐真情地谈起对坤松老大感佩的话来。

"听说夜里上演的这档戏很敏感,若由张渊组职业演员来演,保准会惹麻烦……"宋导说,"没想,你却出面安排演出,真是奇招。"

坤松老大一手抚抚撑在饭桌前的肚皮,谦称着实在称不上什么"奇招",只不过是世面见多了,比较懂得"转弯"。坤松老大于是忆起"日据"时期,巡察说演文明戏的拢总是流氓班底,讲什么流氓戏破坏社会风气,他倒觉得流氓在抗日时,才真是输人不输阵哩!

"今晚的戏码,流氓我制作,酒家女演出,文人编剧、导演……"坤松老大边呵呵地笑着,边剔着卡在他门牙缝上的一块鸡肉细丝,"这也是输人不输阵哩!"

酒席上大伙儿热络在一巡又一巡的劝酒声中。昏黄时分,海风挟带着湿咸的潮骚,从远远的码头飘送而来,阵阵回响在楼外的汽笛声沉沉地吼着。

汽笛声招了魂似的,让哄闹声一时之间停歇了下来。大伙儿都转过头去,雾雨迷蒙中,依稀望得见军舰正缓缓驶离湾澳。

"时局真差,,还亏坤松大哥安排这场演出。"一旁的老伍深深吸了一口指缝间的纸烟,语气无奈地说。

25

酒楼上,坤松老大轻轻哼唱起曲调哀凄的歌谣。小李唱和了一段,见坤松老大接不下歌词,作兴问起关于演出戏码的内容。明洁也在一旁兴致盎然地要坤松老大讲讲这出戏引人注目的地方。

"讲给我们年轻辈的听听吧!"明洁说。

"你是说,"坤松老大朗笑一回,望着静静侍候他的一旁倒酒的酒女,"讲给你们这些年轻辈的小姐听吗?"

明洁知道对方在开她玩笑,刻意站起身来,搭着身旁陪酒小姐的肩,说:"对啊!就是我们这些女性啊!"

这出戏,按坤松老大的解释,在讲一个名叫"赵梯"*的接收专员的故事。这位接收专员在抵台后,一心想为百姓做些事,却遇上许多阻挠。

讲到"阻挠"两个字时,好似突然察觉自己说了过多文明兮兮的评论语,坤松老大比画了个手势,意味着说来话长。

宋导看坤松老大有些词穷,帮他解围地说:"听起来这真是一出感动人的戏喔……总的说一句……"

听到这"总的说一句",像整个人的气都畅顺起来一般,坤松老大的谈兴又涌上心头。"总的说一句,《赵梯》这出戏说的就是,"坤松老大自顾自地将盛满的那杯酒一饮而尽,望望明洁,"阮台湾人对外省人都有一种刻板印象,认为他们该打……"

"但是,外省人也有好坏之分啊!"老伍继续着坤松老大的话,解释着说,"就是这个意思,是吧!"

这么前一句后一句地,终于勉强搭完了《赵梯》这出戏码的架构。酒席上的众人似乎都会心地明白起来"赵梯"的意思,其实是在呈现一语双关的内涵。

最后,还是一旁陪酒的一个笑起来两颊上深陷一双酒窝的

---

* 闽南语音译,意为"该打"。——编者注

酒家女，道出了这出戏的深层意涵。"就像张渊兄上回说的，'赵梯'背后的意思便是得'梯赵'（打得该）。"

"喔——"老伍于是摆起了他精熟的武打架势，"就是'梯得赵'，不可以乱打的意思。"

"梯得赵——梯得赵！"坤松老大开怀笑得酒楼都像是晃荡了起来。他连连要随侍在旁的酒女给大伙儿倒满杯里的酒。

26

清晨，月台上清清冷冷的，从斜斜的瓦檐望出去，一层云霾低低地笼在火车站的钟楼上。

冰凉的铁轨道上翻飞着几张碎裂的旧报纸，远处，清晰地传来平交道栅栏升起时当当作响的声音。

拎着一只铁线圈的站务员，终于在月台上慵慵懒懒地踩踏着步子，一路走向轨道旁错车的机关辙附近。

老伍可以很清楚地瞧见站务员一双惺忪未醒的眼睛，埋在框着红线的大盘帽底下。他看着那张显得有些疲惫，尚未从睡梦中翻转过来的脸庞，自己也不禁伸起懒腰，哈出一口沉沉的睡意来。这时，他想起昨夜在旅舍里，一夜未眠地与宋导谈论重组剧团的事。他记得，在海风吹得木窗"咯嗒咯嗒"作响的旅舍里，宋导三番两次地提起阿贤的剧作，好像打心底认定演出的事已经势在必行了。

列车迟迟没有开到月台来，小李走过去询问了站务员，才知道延迟了。宋导一听，索性将原本撑在手上的报纸覆盖在脸上，双手往胸前一插，便呼呼地补起眠来。

几分钟不到，他像是突然想起什么忘了交代，从轻眠中醒了过来，翻着手上的报纸，急于找些关于昨晚演出的消息。

"昨晚的演出上报了！"翻着报上的一则新闻，宋导兴奋地说。

"写些什么……"明洁从靠着身子的廊柱上弹起来。

宋导这时从阅读的情境中转醒过来，字斟句酌地转述着报上的消息，说是演出颇受观众的欢迎，并特别提到编剧张渊的一句名言："剧作家就像建筑师一样，总在设计一幢大楼时，为打好根基而熬尽心思。"

老伍在旁伸了个长长的懒腰，说他好像也听阿贤说过类似的话。小李认为这席话，对于像张渊或阿贤这样的剧作家而言，称得上是名言。但是对于一个无政府主义者而言，则宁可像孤魂在世上游走，寻找阶级彻底解放的路径。

自然地，明洁对小李的这些无政府主义论调颇无法接受。因为，没有根基的感觉便是飘忽，飘忽便是无谓的虚无。但隐藏这些想法，对于明洁而言，却是保留一份倾慕对方之私情比较有保障的方式。

于是，明洁转了个想法，又回到昨夜的演出一事上。她趋身走近阅报中的宋导，好奇地问起报章上如何讨论演员与演技的实际情形。她从宋导那儿获得的答案是，报道上对酒家女演戏形容得揶揄有加，直称这是剧团的某种宣传伎俩。

她有些失望地伫立在那儿，愣了半晌。宋导便问起她对酒家女的演出评价如何？

"很有意思，就是略嫌粗糙了些……但，"明洁说，"重点在于避人耳目啊！"

对的，避人耳目固然重要，也可保住钟声剧团免于遭到一些干扰。可是就小李而言，这出戏的最佳演出者还是剧团的演员。因为，他深信艺术家实践变革理念比什么都重要。

"演出就是在实践自己！"小李理直气壮地说。

"时机真差喔！我看大家还是谨慎些，比较好……"宋导说。

"时机差，"老伍回了一句，"你还不是在电台放送'土地公游台湾'的广播剧。"

27

其实，宋导向来认为演戏原本就是一项集体改造社会的行动。就这点而言，他和病咳时一谈及剧场便忘怀体弱的阿贤，多少有些类似的浪漫理想倾向。

关于老伍和他调侃地戏说时局尽管差，他还不是在电台讲古批评时政，也不怕惹祸上身一事，他只单纯地觉得电台的事不同于剧场的事。电台是一个人出声，剧场可就不止一个人的声音了，万一出了什么差错，连累的人串起来少说有一把棕穗那么复杂。

那么小李呢？他考虑得也就不那么多了。这或许可以依循旧习地解释成年轻冲动，但思想根源才应该是根本原因吧！"就不晓得阿贤兄那个剧本编得如何了！我是说关于舞台上摆一堵壁的那出戏。"小李试探地询问着。

"看着办吧！"老伍谨慎地不想直接回答。宋导却从口袋里取出一封信来，递给明洁，说是他昨夜趁着老伍下楼去买宵夜时，写了封短笺给阿贤，要阿贤好好将剧本写完，他一定排除万难将戏给搬上舞台。

"排除万难……什么意思！"老伍困惑地轻抚着腮帮子。

宋导的意思是，他明白阿贤的创作绝对会很犀利地反映现实，既然如此，唯有再将剧团组织起来，让有思想认识和准备的他们这伙剧人来演。

老伍和小李的疑问是，要选择什么样的方式演出呢？明洁直接联想到是不是要搞地下演出。

宋导从靠椅上立起身来，关切地将一双手搭在明洁的肩胛上。"不，阮光明正大地在戏院里演出。"他说着。明洁瘦瘦的肩胛感觉到一股暖流，隐隐在浮沉着。她对宋导的这一突如其来的举动，既感到温慰也觉得些许不能适应。

汽笛声"嘟——嘟"地从铁轨道的彼端传了过来。"火车来了！"明洁适时地找着了借口，从宋导那双让她多少觉得异样的手掌脱了身。

老伍望一望腕上的手表。宋导朝铁轨道探了个长长的颈，长吁了一口气,像是在宽慰自己终于没让明洁感到不适,或发觉他内心里潜藏的某种难以言说的私慕。

"到了台北,我还得赶到电台哩!"他刻意岔开交织在脑海里羞赧的念头。

老伍关切地提醒在电台放送时,别忘了换个话题,因为,在这个时刻批评接收专员,显得冒进,免不了惹麻烦。

"知道的,会转个弯,谈些其他的故事。"宋导说着,转一转他疲累的脖子。黠慧的明洁乍地想到什么灵光的点子似的,建议宋导何不就谈谈土地公在基隆的高砂戏院看《赵梯》这出戏的故事。"不妨编些嘲讽的内容。"她说。

"是啊!"小李应和着,学起宋导在电台讲古的腔调,"阮土地公看了《赵梯》这出戏之后,向演戏的酒家女说,外省人也有很多好人,千万别乱'梯'一阵喔!"

他们四个人前前后后穿插在疏落的旅人行列中,踩着散漫的步子跃上列车的车厢。

汽笛声"呜——呜"地彻响在空荡荡的月台上。

28

晌午时分,白花花的午阳穿过浅浅的门廊,照射在诊所静谧的雪白色漆墙上。

隔着一扇年轮纹依稀可辨的屏风,许医师挺直了他年近花甲却仍宽厚健朗的肩胸,坐在一把藤面被磨得滑亮的椅子上,为病人看诊。现在,他一手扶着指间的听诊器,细心地在病患的胸膛间移换着位置。

"嗯——病情稍稍有改善了。"许医师微微颔首,让听诊器的另一头从耳际自然滑落下来,"若要根治则得设法买到奎宁。"

许医师忧心地深锁着眉宇,像是对自己无法治愈眼前的病患感到歉疚而忧忡。病人则分不清楚是因为懊恼还是单纯只是病理上的反应,兀自在病床上抽搐了起来。

许医师站起身来,在病床旁来回忧思地踱步。候诊室里静默地等候了良久的一位老妪,听到沉重的脚步声,心里头一阵哆嗦,赶忙弓起重驼的背脊,拎着身旁的一只竹篓,伛偻地缓步移向听诊室前,碎红花布巾包裹的竹篓子,露出一只鲜红的红冠鸡头,"咯咯"啼响着。

隔着一步远,老妪一手轻轻搁在木屏风上。"许医师,今年乡下收成不好,没钱付医药费……"老妪抬头望望,不识字的伊对屏风上书写的四个汉字"医德无涯"仿佛有种素朴的亲切感。"就以这阉鸡来抵医药费,您说行吗?"老妪忧伤地询问着,湿红的眼眶里莹着泪光。

"使不得——"许医师说着,赶忙从屏风后走了出来,连连挥手要老妪千万使不得,并表示这阉鸡恰是给病患最好的过秋补品。

惠子这时在旁安慰着老妪,要她不要过于操烦,等过了秋,看日子会不会好转。

老妪感激地落着泪,扶儿子从听诊室里步了出来。惠子则在旁一路护送并殷殷问候,走到诊所前的檐廊下,恰好和明洁不期相遇。

"忙吗?"明洁见了面,兴冲冲地问。

惠子先只是微笑着默然不语,等老妪和她的病患儿子走出医院后,才回过身来说:"没有,还好……"继而上前握着明洁的双手,打量了一番,接着说,"好久没见面,喔,刚刚那是疟疾病人,唉!又穷得没钱看病。"

"于是,就找上你多桑啰!"

明洁在惠子的招呼下,在屏风侧旁的茶几前坐了下来。留声机隔着屏风传来激昂的乐声,回荡在漆白的、宁静的诊所里。明洁沉浸着,这令她无端忆起昔时读护校的日子,经常下课后,和惠子躲在屏风这头的茶几下,听着留声机里传来如波涛般激涌的乐章。每回,也总是等许医师乍地发现屏风后头传出她俩窸窸窣窣的谈话声,走过来询问时,惠子才"哗——"地跃上父亲的怀里。

惠子的父亲是那么地关爱着惠子和明洁,特别是在谈起医护生涯时,总是不忘鼓励她俩来日既要救人于病理,也要投身社会的精神改造的行列中。或许,恰是因为深受鼓舞吧,明洁也习惯以日语中的父亲称谓——"多桑",来称唤许医师。

听闻明洁熟悉的谈话声,许医师从屏风另侧探过头,惠子轻声地"哗"出虚掩的投怀动作,许医师朗笑了起来,抚了抚他灰白的鬓发,连声说:"你们坐坐,先聊一会儿,我看完这章小说，就来和你们聊。"

留声机的交响乐章澎湃地激起傲岸的音符，明洁心领神会地朝着惠子笑了笑，"是多桑最喜欢的乐章……"她说，"柴可夫斯基的《悲怆交响曲》。"

明洁接着好奇地询问许医师在屏风后头读什么伟大作品，如此爱不释手。

"还不是和阿贤一样，读起托尔斯泰的《战争与和平》，便忘了生活中其他事情。"惠子殷切而热忱地起身为明洁倒茶。提起阿贤，惠子有些神伤，明洁安慰了几句，而后，将宋导托给她的信交给惠子，说是带给阿贤的信笺。"大概免不了又是演戏的事吧！"惠子说。

洁白而详静的诊所里，交响乐的音符在一阵挫顿之后，趋于沉寂。"这回宋导好似有意将剧团重组起来。"明洁说着，表情上像在询问着惠子的意见。惠子沉默，将她不置可否的一张脸望向诊所的门廊外。许医师从屏风后头踱步出来，背着双手，整个人像仍然沉浸在起伏的交响乐章中。"好久不见，明洁，"许医师寒暄地说，"这阵子还在忙剧场的事吧！"

明洁见着许医师走近身来，抑着内心的激动，轻唤一声"多桑"，便缓缓起身，礼貌地鞠了个躬，谈起自己昨日随宋导到基隆看了一出由张渊亲自编导的戏码。

"很有意思咧！"明洁说。

"是张渊兄的《赵梯》吧！"惠子询问着，"听阿贤经常谈起，据说是出嘲讽时局的戏。"

"钟声剧团的演出吗？"扶了扶鼻梁上的老花眼镜，许医师问。

"喔——不,因为剧情敏感,找来港都酒家的酒女粉墨登台。"

"嗯——高招……"凝望了明洁片刻,许医师语气淡然地说,"时局真是很差哩!"

29

日午时分,榻榻米屋舍里一片沉寂。窗外的蝉噪声停歇了,一阵凉风从屋顶上掠扫而过,落叶沙沙地飘落在泛着油亮色泽的檐瓦上。

端坐在书桌前的藤椅上,阿贤神情专注地阅读着摊在手上的一封信。他将手臂轻轻搁在书桌边缘,桌面上堆叠着整然有序的一沓稿纸,他沉沉地慌咳两声,肘弯轻震着桌面,稿纸上的钢笔在软软的纸页上翻了几转,他没去理睬。

惠子从屋外悄悄地推门进来,在路过玄关前的庭院时,顺手扫洒整理了凋落满地的山茶花。"嗯——秋凉了!"她兀自喃喃自语着。

玄关上,一抹浅浅的午阳洒在刷洗得光亮而洁滑的地板上。惠子蹑着脚尖踏上木阶,望了一望阿贤端坐着的背影,生怕惊动了伊,却兴起了想和伊玩笑一回的念头。微笑牵动了颊上的嫣姿,惠子无声无息地轻移到藤椅背后,伸出双手戏谑地蒙住阿贤的眼睛。

"读什么?这么专心……有人进来了,都没察觉。"惠子将双手一垂,环绕在阿贤的颈上。

"喔——是伊藤老师的来信。"

"信上说些什么?伊藤老师终战后就没来过信了,他都还好好的吧!"惠子关切地问候着。

阿贤从藤椅上站起身来,惠子随手从椅背拎了件外套给伊披上肩。"秋凉了!"她说。

阿贤移步到木窗前,望着远空静静飘动着的、像爆开了的雪花般的堆云,沉默了半响。而后,才回过头来向惠子说,伊藤老师在信中多次谈到对剧团友人的怀念,并且提及,遣返的轮船抵达他家乡的港口时,他心里还不断地叨念着我们。"由于家乡受到原子弹爆炸摧残的影响,他和静子都被疏散到乡下去了。"阿贤说。

初秋的凉风,不经意地从庭前刮过,扬起几片翻飞的山茶花瓣。惠子问着,乡下的生活,伊藤老师和静子都还能习惯吗?信里头怎么说的?

阿贤兀自走回书桌前,细心地览阅着手中的信件,殷切地帮惠子找寻那段关于乡间生活的描述文字。他读着信:

"现在,秋天的野风经常刮落满地的枯叶,我和静子父女两人时而端坐在客厅的窗前喝茶。静子总是不忘关切你的写作生活。她几度向我提起,她真想留在台湾参加你们的剧团,和你们共赴以演剧改造社会的旅程。"

"她说这些话时,我便也联想起盟军轰炸台北的那些日子……记得吧!惠子和她多桑被疏散到乡下去时,你还在为了排戏忙里忙外,真是让人着急。千万叮嘱惠子要好好照顾你的身体。想念你们,代问候剧团的宋导、老伍以及其他的团员。"

阿贤一口气将信读完,整个人像是又回到昔时终日为筹组剧团而奔忙的日子。惠子隐然感受到从阿贤身上散发出来的心情的起伏,一种夹缠着意气风发与忧伤愁惨的矛盾情绪,浮沉着,回荡着……让惠子久久发愣般地望着书桌前的阿贤,心中有种不知是喜悦还是悲情的感觉。

然而,惠子终究还是选择了以赞美伊藤老师的谦冲,作为她回应阿贤专注地为她读信的热忱。"老师不愧是个进步的知识人。"惠子说。

"就不晓得他偏居乡间的生活,会不会更让他感到流放之苦呃!"

"怎么,流放之苦……他信中提到了吗?"惠子对阿贤突然冒出来的伤感之言,颇感讶然。

阿贤将手中的信折叠好,审慎地放回信封里头,耸了耸他瘦伶伶的肩胛,兀自喃喃低语:"没有,信里没提,只是我的遐想罢了!"沉默了半晌,他又若有所思地继续说:"一个批判军国主义的知识人在军国主义的土地上……流放。"

惠子听着,心里头清楚伊的深思。从衣袋里取出宋导转交的信,交给伊,慎重地提了午时在多桑的诊所里,明洁谈及宋导有意重组剧团的事。她说,能重温像伊藤老师来信中提及的那些往日时光,固然令人欣慰,但一切还是要以身体为重。

说着,惠子转身到厨房里去了。

30

宋导来访。

惠子特地从橱柜里翻出多桑从中部友人那里带回来的高山茶,泡在精致的瓷壶里,说是那茶喝了能补神,专门给耗神的文人喝的。

谈起剧团的种种往事,阿贤格外兴奋,又听闻宋导绘声绘色地谈及在基隆看酒家女演戏的趣事,更是亢然中多少有些怅然于自己的病体,无法亲临现场。宋导自然也是善体人意的朋友,来访前,就千叮万嘱惠子别让阿贤一时兴起累坏了身子。但,就像老伍总是在谈话中有意无意地半带消遣地提醒:你们这一编一导凑在一块儿,不搞出些"噱头"来,会那么轻易善罢甘休吗?

这些事情,惠子全都看在眼里。但与其说她尽是担忧阿贤的病体,倒不如说她更关切如何让重组剧团的一码事成为祛除阿贤悲观想法的转折点。

宋导于是又在阵阵朗笑声中,乐观地描绘起重组剧团的蓝图了。阿贤起先听宋导三番两回地重复着——"就看你啰!就看你的剧本写得如何了!"时,当真还有些忧虑自己是不是还有那么充沛的体力,返回到昔时搞剧团的岁月。但,一听宋导像布棋局般有条不紊地论述起时局与演剧的密切关系时,他几乎如忘了病体似地,也跟着对方高谈阔论起来。

从宋导拉开话匣子的那一刻起,惠子便打心里明白,这一夜,阿贤没那么容易演毕眼前这出刚上了火候的戏。她沉默着,像每回陪阿贤招呼亲朋好友时一般,总是维系着最高的热情,勤于做一个最冷静的听众。唯独,抑或也是某种巧然吧,这夜的星光,分外皎洁地洒在屋舍外的庭院里,情不由己地吸引着潜意识里想暂时逃脱于热切对话的惠子,独自静静地回想些青春岁月。

惠子出神地望着庭院里丛丛山茶树的枝丫,在星空底下,泛着一层薄薄的亮光,恍然魅惑在另一个感伤的时空里。一直到她隐约听见好似有熟悉的声音轻唤着她的名字,才猛地从飘忽的情状中转醒过来。

"看什么啊?那么出神……"是宋导唤着,"惠子,来喝茶啊!你泡的好茶哩!"

宋导的一声轻唤,提醒了沉浸在谈论中的阿贤回过神来望着惠子,隔了一层混沌的蒙雨似的,他连慌了几回浊浊的重咳,才惊地说:"是啊!你看到什么?那般——出神。"

"喔——好茶,是呐——"惠子连忙虚应了几声,才理出头绪地解释着,她刚才一直想着伊藤老师来信中描述的种种情景。

提起伊藤的来信,阿贤倒是陷入了某种困顿的情境中。他站起身来,手里端着一杯热腾腾的、刚从瓷壶里倒来的热茶,望着宋导苦笑了一回,说是剧团重组如果事成,头一个就通知伊藤先生。

"我总感觉信中的伊藤先生,在苦尝着生活中的流放之苦。"阿贤说着,望向庭院里星光底下飘落泥地的一朵山茶花。

宋导低下头去,垂思无语。俄顷,才又从默然中缓缓抬起头来。"我们不也都在过着流放的生活吗?"他说,榻榻米屋舍顿时处于一种寂寥而萧索的氛围中。"谈谈你的剧本吧!"他喝了一口端在手上的热茶,继续说。

终战后,来台接收的"长官公署"为了支持烽火炽烈中的国民党军队,在岛内大肆搜刮民生物资与米粮,送往大陆战区,导致米荒问题层出不穷。阿贤说他的剧本得自《人民导报》上一篇关于"米荒"的报道。"李青写的……"阿贤说。

"是。我也读过那篇报道,说是米粮都运往了大陆战区……然后,"宋导说,"贪财的商人便私囤米粮以获取暴利。"

"对啦!我写的就是这个题材。"

于是,谈话围绕在剧本的结构、情节以及角色上,匆匆又是一壶茶的时间过去。惠子到厨房煮沸热水之时,阿贤从书桌上取来剧本的手稿,满心期待宋导当下就在家里将剧本一口气读完,而后能和他讨论下去,直到彼此之间塑造起整出戏的风格为止。

宋导有些讶异病后的阿贤竟然变得那么急于发表剧作,细心一想,却也颇能理解此时此刻阿贤的心境。"病了,总怕有一天会来不及……"宋导这么思忖着,借机伸了个回魂的懒腰,望望挂在灰墙上的时钟,夜已深了。

"剧本要写,身体也得保重喔!"

"嗯——"阿贤凝神望着客气地招呼着宋导喝茶、轻声劝说别忙着走的惠子,心情复杂了起来。

起身告别时,宋导叮咛着表示,演出的事情,他会去安排,别操心。惠子连忙应和着说,"剧本以外的事,就交给宋导去操心吧!"

阿贤像浇熄了星芒般的烧炭,刹那间自动地缄默了下来,只连声感激宋导前来看望,也索性闷声不再提剧场或剧本的事。就在那一刻,他发现转身步下玄关的宋导,仿佛只剩下一个疲惫的背影,映在皎洁的星光底下。

"多保重!"庭院的木门"咯"一声关起时,阿贤听见前去送客的惠子,这么对宋导说。

31

夜深,纱帐里。
阿贤躺在铺着雪白垫被的榻榻米床上。
高高的枕头旁,摆着未完稿的剧本。
月光从窗外洒落进来,稿纸上潦草的字迹,若隐若现。
惠子坐在阿贤写作时惯常端坐的旧藤椅上,窗外是皎洁星空底下暗影浮动的庭院。

慌乱的咳声，从沉静的榻榻米席铺上传来，惠子转身，隔着纱帐着急地询问起阿贤："怎么了！"

阿贤只说他感到胸口阵阵地郁热，很想喝杯凉水。

惠子踩着细碎而迅速的步子，到厨房里倒了一杯温水，叮咛着说，"凉水伤身子，还是将这杯温水喝了！"

喝了温水，阿贤辗转反侧，片刻后，便疲倦地入眠。

惠子拾着轻悄的脚步，移身到旧藤椅上坐了下来。

星光下，宁静得让人感到孤索的庭院，宛若一幅静止中的炭笔速写画。

画中，淡蓝色的星空底下，一丛雪白色的山茶花，魅影幢幢地勾勒在一角。正中央，衬着蓝色的星光，一支细细的竹竿架在矮墙和枝丫上。

竹竿上，晾着一块在夜风中轻轻袭动的手帕。手帕的一角，一眼就能认得出留有干枯了的、暗褐色的斑斑血渍。

从书桌上轻轻取来一张稿纸，任由夜风吹凉了双颊，惠子拾起桌案一角的钢笔，在稿纸上沙沙画起来。

片刻后，她凝神望了竿上的手帕一眼，星蓝夜空下的庭院景象，被勾勒了出来。她随笔在画作旁留下一句话："日子在血渍的记忆中度过"。

留有干涸血渍的手帕，在夜风中缓缓地翻飞。惠子在凝神愣望半晌之后，陷入记忆的世界。

记忆中……

终战前的一段岁月……有一回。

在漆着雪白墙面的诊所里，父亲特地将门后的一片竹帘拉了下来,锁上了门。

在屏风后的一方小小的客厅里,坐着宋导、老伍以及一身端庄、肃然的伊藤先生。

惠子端着一壶热茶,从厨房走了出来,越过低低的门槛,为座上的先生们倾倒茶水。她抬起头来,刚要问阿贤怎么不见踪影,便瞥见伊站在靠窗的书柜前,翻阅着父亲满架子的书。

惠子倒了一杯热茶,端去给伊,发现手捧着一本书的阿贤,愣愣地望着窗外的远方。

"真是个晴朗的日子啊!"阿贤喃喃着。立在身旁的惠子,突然感觉一阵说不上来的喜悦,汹涌在心头。

"是啊!你瞧那天空的白云在秋风中⋯⋯"说着,惠子的脸上透露着幸福的、却也交杂着几许羞涩的表情。

"在秋风中,像孩子般尽情地奔跑着。"阿贤沉稳地回应着,语气中满怀着期盼。

这以后,记忆像黑白影片般不断在惠子的脑海里闪逝:听闻阿贤这么说着,在座席上的宋导端起茶几上的热茶,望着许医师敬了杯茶,"恭喜了!许医师。"他抿着调侃的笑容,欣悦地说。

这时,大伙儿不约而同地哄笑了起来,许医师这才意会过来,连声说:"喔——喔,是啊!是惠子的福气。"

"什么时候请喝喜酒啊!"宋导调侃地问。

众人哄笑地朝阿贤和惠子干了杯热茶。惠子轻轻将身子依附到窗台上。"问他啰!"说着,嘴角上泛起一丝明朗却稍显羞赧的笑容。

"等这战争的日子结束，社会的天空真正晴朗起来时，再说吧！"轻搂着惠子的肩膀，阿贤兀自低吟着。

伊藤先生这时依稀神色自在地端坐在靠内侧的座椅上，他啜了口茶水，谈起了对于军国主义南进政策的批判。他表示，拿"皇民奉公"的例子作为佐证，近时殖民政府不断在各地的戏院中放映的影片《沙鸯之钟》，恰好是帝国主义展开军事殖民政策的写照。

阿贤心里头似乎明白伊藤先生说这席话，其实是在呼应他的沉吟。惠子表情显得有些惊诧地望着对坐在伊藤先生前方的许医师，心想阿贤这突如其来的神色，恍然在宣告着什么吃紧的事情，于是将一双充满问号的眼睛投向父亲。

"伊藤先生是来向大家话别的……"低缓着语调，许医师强抑着几乎是哽咽的嗓门，"他接到军部的通令，指明他在此常与此地文人聚会，批评'皇民化'的演剧政策……"

空气中凝结着一股沉浊的悲哀。惠子低声啜泣了起来……有一阵子后，许医师才悲默地继续说，"伊藤先生得被遣送回日本。"

"遣送回故乡……"阿贤一脸的讶然，"像对待思想犯一般吗？"

大伙儿沉默着，都不知该怎么继续谈话的主题。老伍询问着登船的最后期限。伊藤先生从座椅上撑起身来，和座席上的伙伴一一微微鞠躬，表示三天之后便搭船回日本。

几个人纷纷恭敬地朝伊藤先生躬身答礼，眼眶里隐忍着悲伤泪水的伊藤先生啜了一口茶水，将哽在喉头的哀绪吞进肚子里，没事般地，脸上浮起了一丝勉强的笑容。

"感谢您！"宋导说，"这些时日以来的深深教诲。"

老伍点了指缝间的纸烟，殷切地探问起伊藤先生回国后，仍否会继续活跃于剧场中。

伊藤先生笑着答称，作为一个剧场工作者，大家都明白苏联剧界大师斯坦尼斯拉夫斯基的名言。说是什么，"不要在意……"伊藤先生手掌扶着额头，勉强地回忆着。

"不要在意观众的掌声，却要牢牢记取内心的掌声。"宋导见伊藤先生一时忘却了，马上接上话说。

伊藤先生即刻忆起斯坦尼斯拉夫斯基在《演员的自我修养》一书中，那些他经常对宋导一伙人说解过的名句，并不忘称赞宋导不愧是筑地小剧场的高才生。

在旁的阿贤，像忘却了片刻之前翻覆在心头上的悲哀似地，热切地谈起了组织剧团的事情。他一心想借着伊藤老师行将告别的前夕，给大伙儿提些建议。"现在，'皇民奉公会'的'演剧挺身队'，愈来愈肆无忌惮地在各地演出，"阿贤说，"我们也该组个剧团与之对抗……"

"这件事，见解虽然独到，"伊藤老师说，"却得从长计议。"

32

记忆中的景象,宛如翻阅一部曾经熟读过的书本一般,在惠子的脑海中一章又一章地复习着。惠子记得,当伊藤老师说到"从长计议"这句话时,诊所的外头突然响起阵阵斥喝的声音。几张围坐在茶几旁的脸上顿时闪过几近相似的惊惶……霎时,便不约而同地起身拥到窗前,朝窗外静静地观望。

惠子犹记得,当她的视线碰触到窗外阳光晃灿的街道时,便远远地望见稀疏的行人纷纷低着头走避到檐廊底下,紧接着,街头便传来军车辗过碎石子路时发出的沉重如巨吼般的引擎声……

军车驶近诊所前时,跟在后头较远处的一队骑兵,从街道的尽头渐渐浮现。在骑兵队伍的前头,一位面容冷酷且瘦削的少佐,右手扶着配在腰间的长刀,骑在一匹身姿昂扬的骏马上,缓缓行过街心。

惠子永远无法忘怀少佐那张灰漠中隐藏着刀光般杀气的脸,即便在多年之后,终战已有一些时日,每每回忆起那张脸上的神情时,都不禁寒颤几许……就像这一刻,当她目光凝练,望着星空下的幢幢树影时,心头仍不时闪过那个挺立于街心、缓慢地依着马蹄声响前移的少佐的身影。

她细心地扶起平摆在膝上的那幅钢笔速写,再认真瞧了一回,心里头却仍然想着和片刻之前的回忆相关的种种往事。"对啦!阿贤的写作札记……"像是猛然间想起什么事情,惠子兀自在心中这么一忖。

记忆中的景象缠绕在惠子的脑海中,久久挥之不去。她很想不再去忆起少佐那张充斥着怖栗杀机的脸,对于阿贤从那时起便兴起的组织剧团的想法,深感兴致盎然。

她一心想更深地走进阿贤的创作世界中。她想起,终战前夕,有一回,夜里没能睡得安稳,起身探望伏案写作的阿贤。阿贤和她谈起为了来日写作上的不时之需,伊正在记录和组织与剧团相关的种种事迹。惠子依稀记得,阿贤在写作札记上曾提及关于少佐和伊藤老师这两个日本人,虽同是殖民地母国的子民,却代表着截然不同的阶级认识背景。"我想,作为一个剧作家,记录自己的思想发展轨迹和写剧本同等重要……"惠子记得阿贤这么说着,而后便将那本封面已经有些老旧的札记交到她的面前。

阿贤希望惠子能经由阅读他的写作札记,多少分享他的思想脉络,这自然也是惠子衷心期盼的事情。但这一刻,惠子却后悔起这么些年过去,她一直未曾细心研读札记中的种种。

想着……思虑着……

惠子决定就选择她深陷在记忆情境的这段时光里,回顾札记中的一些重要片段。少佐的兀傲神情……伊藤先生谦逊而执着的言谈……还有组剧团之初的往事,一起交汇成一湖澄蓝而清澈的暖流,让惠子浸漫在波纹回荡的湖心。

她拉开了阿贤存放重要稿子与文件的抽屉,取出了那本泛黄的札记,在灯下逐页逐页地翻阅起来……

33

一本在街坊的书店里随手便可买到的廉价笔记本，册页上，阿贤一贯飞舞而细腻的笔迹，书写着"写作札记"四个字。翻开前两页，惠子便读到标记着"昭和年，冬天"的标题的几则记载。

记载中的一则说：

……在惠子多桑的诊所聚会时，我们都被突然发生于窗外街头上的事件深深地惊骇着：军国主义的气焰已然熊熊燃烧遍野。

隔着玻璃窗，我们清楚地瞧见在日暮时分的街道上，那个神色肃杀的少佐，骑在马背上，朝着路过而围观的街庄百姓朗朗训示。不远处，在街角的十字路口，几位军装笔挺的"皇军"军士，人手一只扶起高挺的、以鲜红字迹书写着"演剧挺身队"标语的白色布条。

我难以忘却少佐那显得有些鹰利的、拔尖的嗓音，对着在场的街坊百姓们嘶声高喊着："……以'皇民奉公'的名义，在'演剧挺身队'的号召下，将'太阳旗'插遍大东亚的土地……"

我更记得，就在少佐谈话结束之后，手扶"演剧挺身队"布条的军官们，纷纷高举起布条木杆，振奋地呐喊着："玉碎南洋，玉碎……"接着，几个军官主动站上临时搭盖的台子上，向民众们解说起"皇民剧"的意涵，并宣布往后巡回演出的戏目。

当时，目睹这样的场景，我便私下忖着：这种说教的剧目能卖座吗？未料，就在我想发表意见时，一旁的伊藤先生脱口便说："南进座的演出，并不如军方预期的那么卖座……"他还进一步指称，据说巡回到乡间时，军方屡屡要求保甲出面强迫佃农去看，说是若不在戏上演前准时入座，便会被暗记上一笔。

我最记得惠子悻悻然地说："哼！打仗征粮找农民，宣扬战争也强迫农民当观众。"……我很少看见惠子那么愤慨地诉说着内心的激动。

翻过几页关于一个剧本的写作大纲、角色、情节的安排等种种的随笔，惠子在书角上圈了几个红字记号的那页上，一眼便瞧见一行行密密麻麻的笔记上的头几个字——"伊藤先生……"

她于是又细心地读起这则札记来。札记上说：

伊藤先生和我们道别了！

今天，在先生的家里，我和惠子前去道别时，碰巧宋导也在场。

我、惠子和宋导久久地跪坐在先生家里和式的榻榻米席铺上，和他们父女二人默然相视。

沉静的客室里，只闻先生的女儿静子在悲伤中垂首啜泣。

惠子前去安慰静子，轻抚着对方的肩头，连番说："别伤心，很快就会再见面了……"未料，话没说完，竟然自己也低泣了起来，激动的情绪蔓延在整个屋内。后来，惠子从怀里取出一块红布包裹着的石子，说是那石子的纹路细致，形状就像个玉女，特地带给静子当礼物……没想静子竟说："如果，这不是送别的礼物，该有多好！"

我和宋导听了，都禁不住热泪盈眶。唯独伊藤先生仍然神色肃然，不动声色。这以后，在先生刻意营造的开朗气氛中，静子从屋后的厨房里取来一壶清酒，烫得暖温温的。静子为大家倒了酒。伊藤先生仰首一饮而尽，说："后会有期"。

读着，惠子抬起她凝神的和颜，望着被她搁置在桌角的那张钢笔速写。她仿佛感觉细腻的笔触所勾勒的那块凝着干涸血渍的方帕，在画纸上轻轻掀动了起来……她忆起那个窗外的低空暗云层层的晌午，伊藤先生是如何郑重其事地和前来话别的他们温厚地道了声"后会有期"。并且……喔，惠子——想起来了，那个沉寂得让人忧伤的午后。

记忆中，伊藤先生喝尽他杯中的清酒之后，便朗笑地赞美起阿贤在《台湾新文学》发表的那部剧作来。连番几次地，先生誉美着那是一部相当具有社会性，编剧技巧也堪称上乘的作品。

乍闻溢美之词，从伊藤先生的口中那般恢宏地流露出来，阿贤竟谦逊地羞赧得颜颊泛红，不知如何答话比较好。还是机灵的宋导玩笑似地声称，他都已经想好演出时的情境了，就等阿贤点头找他导那个戏。这话一出，才将沉默羞赧的阿贤整个人从尴尬的状态中给恢复了过来。

惠子记得，那时她起身到先生的书柜上，翻阅起新出炉的那期《台湾新文学》,不期然地,在柜子上瞧见了一张印象深刻的照片,斜斜地躺在泛着古铜色的旧相框里。

她是那般专注地望着照片里的人物,竟忘了兀自在旁赧赧有加的阿贤。直等到伊藤先生刻意拉高嗓门问"你说对吗?惠子……"之时,她才慌乱地连连应和着——"喔——对,对的!"

那以后,惠子仍印象深刻地记得伊藤先生顺口便介绍起照片中的景致来。"这照片里,包括你们三位在内,都是当前新剧界的一时俊彦……"记忆中,伊藤老师轻啜了口手上的那杯酒,这么对在座的几位说,"还有印象吗?是发布会时的合照,在蓬莱阁前面拍的……记得吧!"

"哪会忘记呢?"惠子记得,阿贤说这话时,语气中是怀着多么辽阔而深浚的憧憬哩!

34

种种回忆回转在惠子时而激昂时而低落的内心,驱使她继续读完这则尚未结篇的札记。札记上继续写着:

> ……临告别时,静子依依不舍地拉着惠子的手。
> 伊藤先生神色凝然地来到玄关前,深深地鞠了一躬,

感激我们前去道别。就在那个刹那，他好似突然间想起什么事情，要我们稍稍候他片刻。

伊藤先生走到书柜前，取下了两本书，分别要送给我、惠子和宋导。给宋导的一本是斯坦尼斯拉夫斯基的《导演论》。先生说，那书对宋导在导戏工作上，相信会帮助良多。另一本，在封面上包着纤细宣纸的，则是要给我和惠子。

从先生的手里接到书时，手掌轻抚着宣纸细滑而优雅的纸面，心中有一股说不来的激切之情。待我将书页翻开时，竟然发觉是我最心仪的日本进步派作家小林多喜二的名作《蟹工船》，刹那，交缠在心头许久的离别悲情，终而被阵阵突如其来的喜悦所取代了！

惠子看了，激动得久久不语。

静子姑娘则在一旁忍着眼眶中的热泪。

最后，伊藤先生只淡淡地道了声："大家保重。"

仿佛，离别已经变得是一件再理所当然不过的事了！

文笔凝练的这则札记，勾起了惠子难以言说的，对于伊藤先生和静子的想念。窗外的庭院里，夜深时格外皎洁的星空，映着沾染血渍的方帕。惠子将桌上的那张钢笔速写细心地夹进札记簿里，扭暗了桌上的灯，让自己沉湎在一幅幅闪过脑际的过往影像中。

35

这是一个显得有些阴霾的午后。

庭院前的木门处急骤地响起阵阵的敲门声。

"嘭——嘭"作响的催敲,惊骇了书桌前写作的阿贤。

"谁啊!"浊重地慌咳着,阿贤问。

惠子放下手中翻阅着的《蟹工船》,跃着细步下了玄关……木门缓缓地开启,惠子一眼就瞧见小李和明洁喘着气息,满脸焦急地双双立在门口。

"怎么回事,慌成这副模样?"忙着招呼访客进门,惠子竟然忘了在步下玄关时简便地趿上拖鞋,于是光着脚丫子踏在雨后微湿的泥地上,觉得异于寻常的松弛和亲切。没等惠子进一步请他们进门,小李已经走到玄关前,随手拎了一双拖鞋递到惠子的脚掌前了。惠子有些尴尬地微笑了片刻,后头的明洁就在惠子低头望望自己一双光脚丫子之际,轻轻地将门板给拉了上来。

小李的脸上失去了一贯的表情,只是颇为默契地与明洁互望了一眼。"噢!宋导要我们来的,有事情发生了……"明洁惶惶地四处张望,"进门再说吧!"

小李和明洁步上玄关,在客室的窗台前端坐下来。惠子坐在玄关的木阶上,用抹布擦拭着沾满泥泞的脚板,心中感到某种不安。

阿贤愣愣地望着喘息未定的小李,搁下手中的钢笔,摆放在层叠的稿纸上。

"宋导的广播节目被盯上了……"小李压低嗓门，回应疑惑地望着他的阿贤。

惠子急忙地询问宋导是否一切都好。隔着玄关前的雾窗望出去，她乍然发现屋外笼在一片愈来愈沉重的云天底下。

接近晌午时分，宋导在去电台之前，临时想起剧场里的一些事务待处理，吩咐同行的明洁先到电台等他，自己片刻之后便赶去。"于是，我便先到电台去了……"明洁说，"未料，竟遇上了便衣去搜台。"

几个身形壮硕的便衣，在电台里东翻西倒，喝斥着说是要找宋导。他们搜不到人，悻悻然地乘坐着"轰——轰"吼响的吉普车离去。明洁冲出电台，急着要赶去剧场找宋导。"没想……"小李继续说，"在街角，便碰上宋导抱着一堆稿子和报纸，正朝电台的方向走来。"

窗外的天空渐渐地晦暗了起来。

庭院里，飘起粗粗的、像竹梗子般的雨条……

忽地，远远的天际滚过几声闷闷的轰雷。

"这个季节，怎么会响起这种闷雷呢？"阿贤立起身来，凝神望着玄关上探出惊惶神色的惠子。

惠子连忙询问着明洁，宋导是不是交代了什么？一旁的小李纳闷着阿贤为何还谈闷雷的事情，听惠子这么问，才答道，宋导约阿贤兄明天午时到波丽露吃中餐，商量要事。

愣了片刻，阿贤才说，"波丽露，喔——很久没去了……明天吗？"

或许是心里头对于情治单位迟早要来登门"问候",早已有了谱;或许是不想让自己的惊惶反应,影响到小李与明洁的心情;也或许是内心深处隐藏着什么不宜在这个时刻暴露出来的心机,阿贤对宋导身处的景况,表现出某种无言的淡漠,尽是顾左右而谈些看似无关紧要的事情。倒是明洁看阿贤兄反应如此灰漠,有些慌了起来,连连解释说,宋导表示,这个时刻,不宜到家里来走动。"明天早上十点钟——喔,别忘了!"明洁慎重地叮嘱着。

阿贤只顾轻锁着淡淡忧戚的眉宇,点了点头。惠子见状,便也殷切地回着明洁的话,说一定去,正是十点钟。话没说完,又忙着关照起对方的安危来了!

36

小李和明洁候在玄关的木阶下,等着在离去的前一刻,阿贤会说出什么交代性的话语来。没想时间分秒逝去,阿贤都没肃然起严峻的神情来,只是淡然地说:"谢谢来通知,不会有事的,你们先请回吧!"

等小李转身要离去时,阿贤才像忘了什么事没交代似地,轻唤了小李一声。小李转过身来,阿贤叮咛他要多保重,隔顷,才深思着,说:"别忘了……到剧场去将那些书藏到天花板上。"

小李一听，意会了过来，猛点头。阿贤吐了口气，说"这个时刻，要沉得住气……千万冲动不得。"

37

午后的一场雷雨，增添了几许秋凉的萧瑟气息。黄昏时，远空转晴，几抹艳丽的彤云映照着一道横跨天边的彩虹，日暮显得一点都不黯淡，反倒像旭日升起的时分。

惠子提议到外头走走，稍稍纾解午后从屋外传来的紧张气息。阿贤应和着，提议到河堤上散步。

阿贤披了件外衣，便开门朝外头走去。惠子生怕天又落雨，急忙到屋后随手抓了把雨伞，跟在阿贤身后，走出街巷，朝着堤岸的方向，双双缓步前行。

堤岸的卵石坡上翻飞着白花花的芒草，虹彩映落下来，好似飘零的碎红布条，在滨岸上兀自起舞，好不苍茫。

秋风从河里一阵接连一阵吹袭过来，逆着风向前行的阿贤，一身"国民服"的装扮，颈扣紧紧地锁着他瘦伶伶的脖子。那瘦削却透露出几分洒脱的身影，比起在家里头患着慌咳时，显得精神了许多。

惠子握着伞，像握着一根童年时嬉戏的细竹竿一般，边走边以伞尖敲着卵石，踩着细碎的步子，玩乐了起来。虹彩的天空洒下一道耀眼的光芒,将徐徐流淌的河水,映得波光粼粼。阿贤望着惠子在堤岸上踩着碎步玩得盎然,一时都忘却了午后低抑的气息。

惠子蹬着舞步,整个身体在宽松的花格子洋装里,奔跃了起来。越过卵石坡,河风突而猛袭过来,惠子一阵子晃眩,拎在手上的花伞竟被风给吹得"啪——"一声张开了伞面。后头的阿贤见状,乍惊半晌,深惧惠子跌落身子,急忙跃着不怎么灵光的步子,趋身而去,身子摇摇晃晃地,总算将惠子给揽在孤瘦的胸前。

惠子尴尬地笑了,却又感到很是温慰,隔了半晌,才从阿贤的怀里脱身出来,撑起了腰身,忙不迭地收着手中的雨伞时,终于忍不住欢悦之情,说:"还记得吧!伊藤先生在《台湾新文学》上读过你的作品后,经常邀我们来这堤岸上散步……"

"是啊!"阿贤笃定地说,"我们曾经在这河岸上约定要相爱今生……"

"直到永远……"惠子接着说,"你没忘了吧!"

"怎会忘了呢!"

阿贤望着河滨上蚁窝般密密麻麻紧邻着的、简陋的违章建筑,若有所思地说:"你还说过的……直到这个世界上的贫穷永远消失。"

河滨上,在终战前,便是游民们聚居的场所。终战后的头几年里,临时搭起的陋居每天都在增加。夕照下,河面上粼粼映照的波光,在秋色中,有一种详静的悠远之美。这景致,却和滨岸的贫乱现象,形成强烈的对比。阿贤想着,于是联想起伊藤先生经常拿中国作家鲁迅的文学精神，对比日籍唯美文艺作家西川满的往事来。

西川满在《台湾新文学》上发表的誉美台湾风物的散文，其实隐含着对日本帝国主义的臣服意识。伊藤先生有一回，这么犀利地批评着。阿贤记得那是先生临别前不久，在这河滨上与他闲散地聊着台湾文学的前景时，一席深沉的肺腑之言。"南方就是南方，北方就是北方……日本终于要向南方伸展下去吧！"犹记得，在和伊藤先生深谈过后的那个日暮时分，阿贤回到家里连忙翻阅起西川在新出炉的杂志上发表的散文新作时，读到过这么一段喃喃的独白。他从而更深地了解先生批驳西川文学的意旨到底为何了！

惠子拍了拍从卵石堆间喷溅上来的污沙，理好了洋装的裙角，恢复原初端庄的模样，伫立在阿贤的跟前，望着伊，嘴角勾勒出一丝调皮的微笑来。"在想什么啊！"惠子问着陷在沉思中的阿贤。"喔！没什么……"阿贤轻搂着惠子熟悉中又带着些陌生的腰身，"还记得伊藤先生批驳西川满唯美文艺的事情吧！"

惠子默然地点着头，没说话，阿贤却兀自接续起他未竟的话来。他说："就拿眼前的这幅景象做比喻吧！西川的唯美文艺尽是专注于河上粼粼的波光，丝毫不去描述河滨上游民的呼吸。"

这时，远处的跨河大桥上轰然传来隆隆震响的声音。原来禁缩在陋舍里的一些游民，被这响声给吸引到屋外来，纷纷伫身在滨岸上，神色惊惶地远望着。桥面上，几部日军遗留下来的军用卡车,载着荷枪的士兵,前跟后随地穿过桥面。

惠子将伞收了起来,夹在腋下,望着桥面上渐行渐远的军用卡车,纤细的手紧紧地握在阿贤微微渗着冷汗的手心。

38

《新世界交响曲》里一段最为人熟悉的乐章,在蒸腾着热咖啡烟雾的座席间,低缓如回浪般地响着。身着素色洋服的女侍,在席位的廊道间来回走动,忙着招呼座上的客人。清晨的阳光,隔着薄薄的白纱布窗幔,从窗外低伸了进来,在洁净的净几间,映照出一股奇异而虚幻的气息。

靠窗的角落里,端坐着几个身着皱旧的西装、读书人模样的客人——或对坐闲聊着,或专注地阅读着手上的报纸。突然,这几位安然闲坐的读书人,不约而同地昂起首来,望着咖啡座靠厨房那侧,像是颇为惊讶于净几间竟然会传出这般扰攘的谈话声。

乐章依稀在室内响着,但高亢的音符划过时,扰攘声总是显得格外昂奋,恍然使人感到某种不协调的氛围。一群人围坐在一张圆形的净几上,肩背斜靠着墙柱的那位,专神地聆听着围聚身旁的人七嘴八舌的议论纷然。

聆听者不发一语,点起指缝间的纸烟,深深吸了一口,让吐出来的烟雾弥漫在他一手轻压在几上的笔记本上……他边听，边做着笔记，时而还仰起疑惑的脸来，望着声调时高时低的谈话者。

光从聆听者勤于笔记的模样，便不难猜出是个记者一类的人物。是的，他是《人民导报》的记者李青。谈话者习惯将笔直的腰杆撑在藤椅的前半截，谈起话时，总是同样的一副愤悱的表情。是的，他们是一伙从乡下到城里来诉说满腹冤屈的种作人。"就像前不久发生在湾仔内的农民抗租事件，"身着汗衫、黧黑脸孔轮廓鲜明的中年人，拉高了嗓门说，"我们都是地主和浪人勾结下，被牺牲的底层百姓。"

"李记者，这件事你要为我们主持公道！"中年人身旁的另一位耕作人，语气哀求地说。

望着大伙儿激动地吐起苦水来，李记者有些尴尬地朝窗幔前的几座探了探头，而后，放下他手上忙于记录的钢笔，双手轻轻一摊，示意在座的各位放低声音。"我是工人出身，当然能了解你们的心情。"李青压低嗓门，一脸恳切，"但是，得要有明确的证据才行啊！"

几个身材犷悍的种作人，听闻李青这么诚恳地道出他内心的话语，几乎是异口同声地说，"当然啰！记者报道得根据事实，没事实的事，怎敢胡乱说呢！"他们于是神色激亢地谈起，旧时的"皇民制度"中尚且有明文规定，地主将土地租让给佃农时，得依契约的行文办事，怎么现在却乱了章法，而且，任由地主和浪人勾结，强征起佃农的米粮了！

争执的声音，在氛围雅致的几座间回荡，的确显得有些不协调。但无论是穿梭着招呼客人的侍者，还是倚坐靠窗净几旁的读书人，似乎都已多少习惯了这种隐藏某种扰攘气息的氛围。李青索性用手支着他薄薄的下巴，让几个悻悻然的种作人谈个痛快。这时，近午的阳光穿越覆着纱帘的窗台，亮灿灿地延伸到室内这角来，轻轻地，像母亲柔顺的手掌一般，抚在佃农彪悍而粗厚的侧颜上。

几张原本深陷于困顿中的侧颜，在阳光的适时温慰下，仿佛恢复了生机，谈到激昂处，他们不免手舞足蹈起来。李青望着，希望的烛火不免燃在他内心的底层，然而，当他的眼睛不经意地攀越过几座上雪白的侧墙，而后在墙角上的那张木刻画上驻留下来时，他又即刻感到某种忧忡恰似阴雨般，浇熄了心中那盏微微亮起的火烛。

木刻作品的刀痕利落，轮廓鲜明，呈现的场景是：一个孤独的老人，皱缩着粗砺的脸庞，蹲踞在一片沙丘上，身后是巨浪滔天的海滩景象。定睛一瞧，李青发现木刻画的左下方，竟题写了"劳动者的冬天"这么一个令人惴惴不安的标题。

一阵冲拔云霄般的乐章，在半晌之后，突而缓缓地沉落下来，沉落……直到全然静止……几个种作的佃农，这时也几乎已然吐露完满腔的郁愤，准备告辞。

"《人民导报》会将你们的心声报道出来！"李青立起身来，神态自若地和几位耕作人告别。

39

惠子关照着行路时犹咳声阵阵的阿贤，从咖啡座的柜台前经过时，恰巧和正欲离去的佃农们擦身而过。

阿贤一双好奇的眼瞧着几位衣着简陋的耕作人，心里想这伙庄稼汉来到装饰典雅的咖啡座，八成是来找李青记者的。因为，前些时日，他一个人来咖啡座写剧本时，就曾遇过这种场面。受屈的底层劳动者，似乎都打心里明白，想要找人诉说冤情时，头一个对象便是《人民导报》的李青。可到哪儿找呢？夜里的话，就到报社的编辑部。如果是白天，那就非得到波丽露来才找得到人。《人民导报》一定又有什么石破天惊的新闻，等着在明天见报了。阿贤想着。

果真，就在惠子面露期待地望着阿贤，希望从阿贤那张瘦削而显得白皙的颜颊上，找寻出喜悦的表情之际，阿贤已经在远远地朝着座室内侧招起手来。李青瞧见阿贤和惠子，忙快步走了过来，连声说："好一段时间没碰面了……来！快一起坐下。"

相互寒暄了几句，他们在李青刚刚和佃农们交谈的净几前坐了下来。阿贤很是兴奋地询问起报社的事情，一心期待着对方能多谈些社会的景况。这些熟稔的话题，对于李青而言，自然是驾轻就熟的，他便侃侃而谈起来。但他心里头却深切地关心着阿贤的病体……"听宋导提起，前阵子咯血咯得凶，结核病很折磨人的，得多保重身体。"李青殷切地关心着。

"喔——这些日子好多了，"阿贤答道，"就是身体虚弱些。"

侍者前来招呼，惠子点了杯咖啡，顺手从手提袋里取出一只自备的以毛巾层层包裹的玻璃杯，掀去干净的一层层毛巾，将玻璃杯递给侍者，说是身边的阿贤只需喝杯开水。侍者起先有些惊讶，经李青使了个善意的眼色之后，很快地意会了过来。

侍者转身离去后，阿贤低声地问起在柜台前遇上一群耕作人模样的男人，是不是有什么大事情发生了。李青于是从手边笔记本的夹页里翻出一纸他在《导报》上写的文章来，沉思了片刻之后，他指着报道谈起高雄湾仔地区的佃农，惨遭地主和浪人欺压的事。他接着说，没想事隔不到一周，又有刚刚那些从新庄子来的佃农，也前来找他诉冤。"情形大抵相类似。"李青啜了一口几上新添的咖啡，忧心地垂着首，"但，我担心如果这回农民也采取抗争行动，恐怕将导致警察出面拘捕佃农……"

如果，在新庄子刚发生的农运事件上，警察也介入的话，事态当真严重有加了。阿贤听李青忧心忡忡地解析着佃农-地主-浪人-警察这四者之间的权力宰制关系。

惠子起先是在一旁专注地听着。隔顷，她逡巡的眼神却很快地就被墙角的那幅木刻画吸引了去。她几乎可以辨识出自己纤弱的神经，正被木刻画斧痕鲜锐的触感牵动着。

阿贤和李青竟然谈得忘了时间，隔了有一阵子，才猛然惊觉原本久候的宋导竟还没出现。

阿贤着了急，连唤了惠子几声，却没能将她给唤回来。"不是约好十点钟的吗？"慌咳了几声，阿贤问，"宋导，他人呢？"

对于惠子来说，咳声简直就像拉响的警报声，很快地，她惊醒了过来。听闻阿贤在问关于宋导的事情，她立即活过魂来似的，一脸忧扰地表示，昨日来家里通报消息的小李，临走前，曾经交代宋导可能会先绕去剧场处理些事，再转到这里来，稍稍迟延，也说不定。

阿贤听惠子这么一说，愣了会儿，才忧虑地说："剧场！现在还去，合适吗？"

"该不会出了什么事吧！"李青这下子反倒关注起宋导的去向来了！

就那么几句交代宋导被情治单位盯上的话，李青很快地明白了过来……接着，他们又低声地谈起时局，欲罢不能。

这时的惠子，望着侧墙上的木刻画，情不自禁地再度深陷画作里那张劳动者烙刻着深深纹痕的颜面上。窗外是阳光亮丽的日午时分，室内的净几间，隐隐约约依稀传来阿贤和李青的交谈声，却已不再是那般的昂亢，反而有些抑悒和伤情……隔顷，她的目光被劳动者身后那片惊涛掀起的浪花，深深地魅惑着。她仿佛听见浪花拍击着岩礁的声响，在那节奏有致的浪击声中，她还听见了，喃喃低语的，像是阿贤在和她倾诉内心话语的声音……其实，她已然不知不觉地返回了记忆里的某个场景中。

40

记忆中,是个冬日午后的海滨。

惠子发现自己和阿贤双双坐在海滨的沙滩上,眼前是朗空下,啸烈地掀起巨涛的海洋。

浪涛一波接一波地掀着。惠子首先发现左前方的防波堤处,零乱地倒落着经海风锈蚀过后,已然零落地颓躺在沙石上的几副铁丝拒马。在防波堤与滨岸礁岩接触的地域,搁浅着一艘旗杆已然被拆卸下来,船身显得破敝不堪的军舰。

岩礁往沙岸延伸的这方,有一片稀稀疏疏的防风林,林间的绿荫底下隐约可见藏匿着的一座古旧的碉堡,一杆"太阳旗"插在碉堡的上方,随烈风吹起而剧烈飘飞。

在记忆里,惠子不期然地察觉身旁的阿贤,正被发生在防风林和搁浅船舰间的某个景象,深深地吸引着——一个身着笔挺军装的日本军官,踢着军靴底下的海沙,徘徊在铁丝拒马前,踱步沉思,像是在思索着沉舰的命运。

"军国主义的铁蹄像深烙过沙滩的靴痕……一路往南而去。"阿贤突如其来的一席话,让惠子感到些许错愕,"但总也有面临沉船的时刻吧?"

惠子于是在记忆里,拾起了昨日在诊所时,父亲犹气愤地批评着"皇民化演剧挺身队"的事情。"像南进座演出的《到南方去的人》……"惠子记得父亲说这话时,简直涨红了一张寻常温煦有加的脸,"以凄美的爱情宣扬军国主义,令人扼腕!"

41

日午的阳光在咖啡座的净几间盘桓着,映在惠子笃定、专注并泛着嫣红色的颜颊上。

《劳动者的冬天》——一幅木刻画,动也不动地吊挂在雪白的墙面上。惠子感觉手肘被轻轻地触动着,应该是阿贤的声音,她想,正疑惑着"不是约好十点的吗?"没错,尽管还在出神的状态下,惠子立即辨识了出来,是情急中的阿贤,再度忧心起宋导的行踪了。这一回,声音中还有些埋怨地说:"怎么到现在都没出现呢?"

惠子颤了一下身子,回过头去,发觉李青已经移到另一张桌子旁,写起稿子来了。她于是呼应着阿贤的话说:"喔!是啊,该不会出了什么事吧?"

这时,阿贤好奇地询问着惠子,为何魂不守舍。惠子这才望着墙上的木刻画,解释起方才回忆着昔时同游海滨的种种情景。

阿贤啜了一口净几上的开水,决定立起身来,在墙面下好好地端详那幅久久地吸引着惠子注意力的木刻画——《劳动者的冬天》。

42

"还记得吧!终战前夕,在沙仑海边,你突然间兴致勃勃地脱去脚上的便鞋,一转眼,便冲到浮沙交涌的滩岸,尽情地玩起筑沙堡的游戏来……"

阿贤于是豁然明白起惠子为何默然沉思良久,又为何盯着雪白的墙面,久未言语。他也联想起那个浪涛掀翻滩岸的冬日午后,新婚不久的他们,在沙仑共同经历的时光。

"在滩岸上,你小心翼翼地用双手筑起一座圆形剧场的模型。还记得吗?"掠一掠额前的长发,惠子兴奋地说,"你还在模型里,巧妙地堆出一座小小的、轮廓鲜明的舞台。"

"当然记得啰!你轻蹑着脚尖尾随到我身后,大声唤着我,害我差些惊吓地跌跤……记得……"阿贤漾起他深思时显得格外冷峻的面庞,望着墙上的木刻画说,"差点就跌进你梦想中的希腊剧场里了!"惠子轻轻地"咯咯"笑起来。

阿贤回忆起在沙仑海滩玩沙堡游戏后,他和惠子讨论希腊悲剧的壮烈情境,并且还引用了伊藤先生说过的一席他一生永难忘怀的话。直到眼前的这一刻,回想起先生的殷殷教导,依然深刻而感动。先生说:"悲剧英雄是雅典贵族的化身,他们的遭遇愈是崇高,愈是凄美,就愈让人感觉和舞台下的观众,距离遥远。"

伊藤先生还说,"'皇民化戏剧'透过凄美的爱情故事编织军国主义的英雄幻象,则更形而下之啰!"阿贤永难忘却,伊藤先生说这话时，神色颇为凛然。而在那个他和惠子同游海滨的午后……望着墙面上的那幅木刻画，他清晰地记起来了。午后，一阵激涌的潮水从滩岸侵蚀过来，冲刷着他赤裸而沾满泥沙的脚踝……一旁的惠子轻轻地"啊"了一声，他低下头去，发现那沙子堆成的剧场模型已然被潮涌冲去了外形，独留一摊泥泞洼着暗褐的死水。

43

从那时起，惠子记得很清楚，每回阿贤从剧场忙完回来，在书桌前沉思时，总是像依稀驻足在海滨的时光里一般，望着窗外恍若是遥远的海洋，便深思地谈起，他时常想，该如何与宋导共同创造一个以展现寻常百姓生活面貌为演出宗旨的剧团，以演剧去揭露封建社会的丑陋面目……有一回，惠子依然记忆深刻，阿贤谈着他用演剧改造社会的梦想之际，突然间，一时兴起便直呼"'厚植'吧！就称作'厚植'演剧社，表示将台湾新剧的种子厚植在这片海洋之岛上"。

"厚植演剧社"就这样在二战末期辗转存活过一段不算太长的日子，演过几出戏之后，便因为日本战败，国民党政府接收，整个社会处于动荡的状态下，迫而结束经营。现在，凝望着木刻画里的海滨景象，惠子又想起了在那个遥远的午后，阿贤赤裸的脚底下,一座被海水侵蚀得仅剩残垣的沙堡。"嗯!厚植演剧——在民众生活中厚植演剧的根基……"惠子垂下头来,她至今仍深深地被阿贤说过的这句话所吸引。

44

等待,让阿贤陷落在忧思与焦虑交相冲击的情境中。李青在一旁的净几上,写完了头一篇报道农民抗租事件的稿子后,心想既然难得碰上了阿贤,何不也顺便写篇关于剧场方面的访谈。

"别担心了!应该不会有什么意外的。"燃起夹在指间的纸烟,李青挪过身来,"就我所知的宋导,他很谨慎地……"

李青将写好的稿子大致整理了一下,夹在腋下,边吸着烟,边一脸凝思地询问起有关剧团的事情。

阿贤见李青严肃地问及剧场的近况,于是顺理成章提起他最近正在写的一个剧本《壁》的演出计划。

"听这个题目:壁,应该是双关语吧!"李青问。

"对!一堵壁隔开贫富截然区分的两个世界……"阿贤欣然地解释着,"至于,舞台上的道具嘛!就是那么简单的一堵壁。"

李青在几上做着笔记,心里头正考虑着如何以简练、平实的字句去形容戏的内涵,以便发挥更大的宣传效果。突然间,就听闻对坐的惠子低声唤着"宋导,在这里……这里。"

45

宋导的手上,提着一只旧皮箱,神色匆匆地奔进门来。见了阿贤,还没来得及和他打招呼,首先冲着李青,上气接不下气地喘着。惠子接过宋导的皮箱,放置在茶几的几脚旁,有些着急,其实更是感到疑惑,便问道:"什么事,能让宋导这般急切哩!"

宋导语气着急地谈起就在他前来的路途中,碰巧遇上一群工人围在警察局前,高声呐喊着,像是在要求警局释放他们的工头,就在延平北路的那个警察役所。

李青听着,愣了半晌,立即收拾起散置在茶几上的报纸和笔记,匆匆就想赶出门去……在柜台前正打算结账时,迎面冲来一个身着旧短袄、工人模样的中年汉子。"李记者,李记者吗?"这工人似乎认得李青,一进门,急急忙地唤着。

李青先是有些讶异于这突如其来的情景,却随即明白过来眼前发生的事态。于是,李青着急地问着,到底发生了什么事。等这工人稍稍冷静下来,才喘息着说,警察将制材所的工头刘阿木给逮捕了,罪名是煽动罢工,人被关在警察局里。

刹那间,李青像恍然忆起什么似地,脱口就说,"噢!就是热衷于组织工会的那个刘阿木吗?"这话一出,自然让前来通报消息的中年工人,感到很是贴心和慰藉,便也稍稍放松心情地谈起,清晨,几名便衣声色俱厉地到刘阿木家里带人时,他便数度吩咐一定得找李青来帮忙。"我晓得……晓得。"李青沉思了一会儿,就这么简单回应着。

净几间里感染着一股不安的气息。就在这么一个阳光亮丽的午后,先是有农民前来和李青投诉,接着又传来工人在警局前抗争的消息。于是,座上的客人有些三五成堆地围坐着喁喁私语,不时还将混杂着诡秘与骇然的目光,投射在李青身上。于是,李青也变得神经质起来,眼神稍显焦虑地回过头来,望着忧思中一时尚有些不知所措的阿贤、宋导和惠子。于是,有些原本闲坐着读报的座客,听闻是工人和警察的抗争事件,又瞧见李青在柜台前显得有那么一丝慌乱,莫不纷纷整理了随身的东西,到柜台匆匆结账,离去时,都加快了脚步。

46

警察局对街,铺着细沙卵石的一片广场上,停放着一部年代久远、漆色斑驳的军车。广场后面,孤兀地耸立着一栋荒废已久的仓库。

军车的两只后轮,泄了气,皱扁扁地被荒废在一旁,从卵石间窜生出来的杂草,纠盘缠结于已然被磨得滑亮的轮胎橡胶皮面上。李青和阿贤分别蹲坐在轮胎上;惠子、宋导索性在杂草堆间坐了下来。李青的身后,停放着他寻常采访时代步的自行车。

"现在,该怎么办呢?"宋导将手边的皮箱一拎而起,放置在几人围坐的中央。

李青顺手从卵石堆间拾来一柄枯枝，在皮箱上比画起来……他在皮箱的表面圈了无数个小点，表示目前工会的工人尚处于散落状态，不可能形成一股集体力量。而后，又在小点前画了一条虚有的横线，表示警局的围堵势力，不可能退却。若以松散的工会硬去碰撞警方的防线，必将导致流血事件——李青肯定地表示。

既然情势对于工人如此不利，垂首沉思的阿贤建议，何不由他出面到警局里向文书官老吕要个人情。当大伙儿都脸露疑色地问起，到底是哪个老吕时，阿贤稍稍激亢着嗓门说："就是战前在街庄搞'皇民剧'的老吕啊！"这一提，大家都回忆起来了。原来，老吕是战前在"皇民奉公会"里指导演剧的讲师，现在呢，则投身在接收专员的羽翼底下。

宋导随即附和着表示，他要随阿贤去。老吕也认得他，见了面，不买账才真是怪事一桩。阿贤感激地望一望宋导，却坚持李青先回报社发稿，宋导在电台的行踪已经招来忌讳，不宜在警局曝光。他缓缓地立起身来，和惠子使了个眼色，要她陪宋导和李青回报社去。

"请千万小心！"惠子轻声说着。

"知道了，你放心就是啦！"

阿贤从废弃的卡车前头转身出去时，宋导略带玩笑地提醒对方要多保重，并千万记得还有演出的事宜待讨论。

理一理额前的散发，阿贤回过头来，愣愣地笑了一会儿……"别担心，剧本已经快完工了。"他说，"我们待会儿在报社见。"

47

彤红的午阳映在警察局前的石阶上。午时,到咖啡座里通报李青抗争事件的中年工人,高高举起双手,示意喧哗呐喊的工人群众安静下来。他大声地向抗议工人宣告,知名的剧作家即将前往局里具保工会领袖刘阿木出来,掌声即刻彻响在秋日里显得有些异常热络的广场上。

阿贤站上石阶,向群众简单说了两句鼓舞士气的话,随后,便转身走进警局里。

48

报馆里一片静寂。

几张写字桌上堆满了成叠的文件、数据和旧报纸。

隔着层层堆栈的旧报纸,李青埋首在写字桌上,神情凝然。

宋导在报馆的写字桌间来回踱步。脚步声,沉重地响落在抹得光洁亮滑的地板上,发出"咔——咔"的响声。

电话铃声乍响,宋导立即趋身前去,是李青拾起电话筒。

宋导刚要询问是不是阿贤传回进一步的消息,却瞧见李青摇着头,对着话筒谈起明晨发报的事情。

惠子静静地伫立在报馆角落的木格子玻璃窗前。秋日的午风轻轻吹动着窗架,咯咯作响。她望着洁净的玻璃窗外,一株枝丫错叉的尤加利树,脱落了绿叶,孤立在报馆前的广场上。

她几乎没有被突如其来的电话铃响干扰,只是专注地凝望着……

这一刻,广场上走出了一个衣着洁净的孩子。

孩子小心翼翼地将拿在手上的,已然折叠成形的纸飞机,用力挥臂抛到空中。

纸飞机只在孩子头上短短滑翔片刻,便坠落到地上。

踩着兴奋而细碎的步子,孩子拾起地上的纸飞机,又是振臂奋力地一掷。

纸飞机这回稍稍滑翔了远一些,孩子欢悦地鼓起掌来。

望着窗外的孩子和那短短驰翔复又坠地的纸飞机,惠子又陷入了回忆的情境中。

49

回忆中……

是清晨的火车站月台。

几列鹄候列车抵站的旅人们,在晨光下,零星地站立着,形成一片独特的风景。

火车久久未曾抵临，候车的旅人于是显得些许焦急起来，纷纷交头接耳，议论着。

惠子拎着包袱，几次抬起头来，以疑惑的眼神望着身旁的父亲。"阿贤应该和我们一起疏散到乡下才对！"惠子记得自己这么说。

"喔！排戏忙吧，难以分身……"记忆中，父亲映着和煦的晨曦的一张脸，就那么宁静地搁在往返焦躁的旅人中。

"可是，他答应前来送行的啊！"

"剧团刚成立，杂事很多，忙得延误时间了吧！"

惠子记得火车延误良久，始终未抵站。月台上的旅人，于是从先前的焦躁转而变得骚动起来……

突然间，月台上骚荡的空气里响过阵阵急促的警报声——"呜——呜"地连响了一阵子。

哨声接着催促着旅人即刻从月台上疏散。

人潮涌向月台的入口处，前后推挤着。有人索性跳上轨道间，朝着另一个月台的方向，奔跑前去。

就在这人声纷扰的时候，惠子正拉着父亲的手朝月台入口处奔去，一眼就瞥见阿贤挤在蜂拥的人群中。

阿贤从人潮脱身过来，喘着急呼呼的鼻息，拦住惠子和父亲，要他们往轨道跃下，逃往月台后端的方向。

"快！赶紧到候车站的防空壕……快！"

越过铁轨，攀上另一个月台，匆忙地奔向候车站，正待弯身躲进防空壕时，惠子回头一望没见阿贤的踪影。"阿贤呢？"父亲焦急地问着。

惠子朝对街望去，发现急促喘息着的阿贤，蹲身在檐廊下的商家门口，在远处，都仿佛能听见沉沉的咳嗽声。

空袭警报拉得令人心惊。阿贤喘着重息奔到防空壕时，双掌抚触着胸口，惠子感觉自己的胸口仿佛也隐隐作痛了起来……

50

纸飞机悠悠然飘荡过广场里的一丛竹薮盆栽，一阵秋日的向晚和风吹来，将它吹向稍远之处，滑落下来时，衣衫整齐的孩子顿了一下双脚，懊恼地"啊！"了一声，只见叠得整然有秩的纸张飘落到一摊水洼里。

"噢！"惠子轻声地叹道，好似也在为那飘落到污水里的纸飞机感到懊恼万分。

这时，惠子感觉身旁似乎有个身影，正凝望着她。"怎么啦！惠子，"宋导在一旁说，"看孩子玩纸飞机，出了神……"

"嗯！"

"在想什么呢？"宋导问。

"还记得吧！终战前，那些躲避空袭的日子。"惠子低沉地说。

宋导自然记得空袭的日子里，他和阿贤因为忙于排戏，没能疏散到乡下，还引起惠子许久的埋怨。但，这一刻，他倒很想了解在那段各自求生的时日里,惠子和阿贤有何殊异的经验,是他没能体会得到的呢!

51

"在防空壕里,挤满了避空袭的人……"惠子谈起往昔那段至今难忘的记忆,神色间,隐然匿藏着某种慨然,"在人群中,我第一眼瞧见身着和服的那位日本少妇时,便觉得很面熟。"

惠子和宋导谈起从月台躲避到防空壕时,竟然遇上了曾经一起在伊藤先生家共读过书的日本少妇。她继续回忆着,而后便清晰地勾勒出回忆中的场景:防空壕里,不知何时起,便躺卧着一个衣衫褴褛的游民,身上裹着一席薄薄的床单,时而呼热地发汗,时而哆嗦着呼冷。那游民病恹恹地向围观的人要水喝……众人见状,无不闪躲一旁,冷眼瞧着,并纷纷取出手帕,掩住口鼻。

未料,那日本少妇却从围观的众人之间,从容地跻身出来,"没关系的……他只不过是感染了轻微的疟疾,大家不用如此害怕。"惠子学着少妇爽朗的谈吐神色。而后,又继续叙述着,后来,这少妇从衣袋间取出一条洗得异常洁白的手帕,替昏病中的游民擦拭着额上的汗水……B-52轰炸机嗡嗡地彻响过防空壕外的天空。

"一直到空袭警报解除后,在走回月台的路途中,阿贤才猛然地回忆起那位妇人的匿名",现在,惠子的脸上泛着充实的笑容,她说,"听伊藤先生称她作早崎女士……是日本进步妇协的成员,她隐姓埋名,前来和伊藤先生共商要事……"惠子深思着,将手轻轻抚触在瘦削的颊上。她继续说:"还记得吗?我们曾和早崎女士在伊藤家共同研读过矢内原忠雄的著作《日本帝国主义下之台湾》。"

"当然,当然记得……反战派的进步妇女。"宋导燃起一根烟,深沉的嗓门轻喟着,"早崎女士那回潜行来台,据说是为了救援因演反日剧作被罗织下狱的欧导演……"

宋导吐了一口烟雾,浓浓地弥漫在木格窗子前,烟霭缓慢地袅袅散去后,他才慨然地接着说:"谁料得到,早崎女士潜行回日本后,行踪曝光,竟导致伊藤先生也连带系上罪名,被遣送回国……"

52

孩子的踪影,从广场上消失了。

惠子还来不及搞清楚,为何孩子玩纸飞机的景象,竟然会让她深陷空袭的记忆中,阿贤的身影已经浮映在木格子窗的玻璃上。

从忆往的情境中苏醒过来，惠子有些讶然而惊喜地轻唤着——"阿贤"。

李青闻声，将手上的钢笔朝桌面一摆，急急忙地奔了过来。"阿贤，回来了！怎么样？"他着急地问。

一旁的宋导倒是冷静地将身子斜斜地靠在窗玻璃上，神色笃定地望着从门外一路走进来的阿贤。

"他们将工头给放了！"阿贤脸上抹过多年来难得一见的欣悦，像是病霾早已脱退了身。"……还为罢工的事争吵了半天哩！"他补充说。

"没出什么大事吧！"李青焦急地睁大他那双圆溜溜的眼睛。

阿贤这时心血来潮地，一脚蹬上写字桌前的靠椅，学那工头在警局前大模大样地演讲了起来。顺带地，也揶揄了李青，说是多亏记者在报道时擅于运用技巧介入运动的场合，教会了工头在演讲时要群众既然不能罢工，何不自动休假，一样达成抗争的功能。

宋导像突然间想起什么事情似地，从靠窗的姿态中立起身来，忙着问起关于警察局里老吕的事情。

"老吕！"阿贤哼然地说，"还不是识时务的一套老调，说什么共体时艰……什么息事宁人！"阿贤还表示，老吕一见着他人，就拼命解释战时在"皇民奉公会"做戏，完全是出于不得已云云。

宋导调侃地嘲讽道，像老吕这样"识时务"的人，总声称过去亲日是不得已，现在，则忙于解释自己在警局当文书官也是不得已！

53

在报馆里喝起办公单位泡在大茶壶里的茶水，宋导"咯咯"地哄笑起社会上经常可见的投降派人士，真称得上是识时务的江湖术士。

李青喝着端在手上的茶，选择一个靠窗的位子，任意坐了下来，开始关切地将话题转往进步人士到底该如何应对时势，比较能发挥改造的功能。这话题提醒了宋导这天约阿贤和惠子在波丽露见面的主要目的……"我想，该是复出演戏的时候了！"宋导审慎地说，"阿贤，你的剧本写得差不多了吧！"

"就快完工了！只剩结尾部分。"阿贤话没说完，一边使眼色央求惠子将随身携带的稿子，取出来给宋导瞧瞧。

李青于是倡议，尽早展开宣传工作。由阿贤来写创作的构思，宋导则写篇导演感怀。至于发表，就交给《人民导报》来部署和安排。

阿贤当然表示很振奋。窗外一阵秋风猛地吹袭进来，将摆在写字桌上的稿纸掀得翻落四处。匆忙中，他急于捡拾稿页，才立起身来，便感觉胸口阵阵郁痛，慌咳了起来。

宋导见状，要惠子带阿贤回家休息。在李青前去捡拾飘落满地的稿纸时，宋导不忘殷切地叮咛惠子让阿贤好好地睡一夜。"今天早些歇息，明天阮在剧场后台的仓库碰面。"宋导说，"演员的事，我会去张罗，你就别操心了！"

54

戏院后台的仓库木门被吃力地打开,一阵"咿咿呀呀"的摩擦声。

一道近午时分的阳光,像镁光灯般"轰"地照射进漆暗的仓库里。

阿贤单薄的身影跟在宋导后头。

两个前后相随的身影,在光束的延伸中,随着浮尘而缓缓移动。

两人逶迤地踱步到光束稍弱的一堆道具箱前。

"几个月没来排练了!到处都是尘埃。"宋导随手取来掸子,清理着尘埃。

阿贤在廊柱下踮起脚尖,将头顶上的一盏灯给打亮。

"唉!谁料想得到,终战后,我们竟然连演出戏的自由都被剥夺了!"他说。

55

阿贤靠在另一个道具箱上,斜着微微佝偻的身躯,和宋导讨论起剧情来。

宋导希望这回的演出，能够在剧场美学和政治理念上，达成融合的效果。进一步说，为战后的台湾剧运树立起某种标杆。阿贤对这样的理念，抱持着崇高的憧憬。唯独希望能在表演上维系战前的水平，并且提到写实主义剧场在舞台上除了力求感染观众的情绪外，亦能发挥启发社会意识的功能。

戏院后台的仓库显得凌乱而陋旧。空气中，有一股浮散不开的湿霉气息。但有那么一处小小的空间，由几张废弃的布景架在道具箱间，刻意和周遭杂乱的环境隔离开来。战前一段不算太短的岁月里，宋导和阿贤便是利用这块能够勉强架上几盏灯泡的区域，磨出一出又一出人间味浓厚的剧目来。

午后的阳光，从仓库靠街的天窗斜斜地照射进来，烟尘在光束中飘浮，恰好将这区域隔成两片空间。阿贤走到光束斜倾的地方，让肢体来解说他对自己创作这出戏的基本构想。他以手势在空气中直直地画了一道劈线。"舞台中就放置着那么一堵壁，"他说着，凝视宋导半晌，"隔开贫富有如天渊之别的两个世界。"

刚说完这话，阿贤等着宋导的反应，却即刻瞥见光束聚集的进门处立着几个身影。"喔！你们终于来了！"阿贤说着，脸上泛出惊喜的神采。

来的是老伍、小李和明洁。老伍微笑着，趋身到阿贤跟前，两手紧紧扶着阿贤的肩膀，忙着问候身体状况。这时，宋导已经在道具箱杂陈的廊道间，点起烟来，侃侃地和小李、明洁讨论起剧本来。

他手上握着阿贤写就的剧本，解释他对这出戏的导演构想,一时兴起,拉着小李便热烈地诠释起剧本的主要角色来。"……是一个劳动者的角色,在剧中象征着贫富不均社会里的受害者。"他说,"临终前,声嘶力竭地敲着那堵高高筑起的壁。"宋导殷切地表示,小李是这个角色的最佳扮演者。

"嗯!"小李沉思地点着头,表达自己对宋导至深的感激,交付给他这么吃紧的角色,却连声认为应多研究角色的人格特质。

性急的宋导没待小李继续质疑下去,兴冲冲地将一只道具箱挪往灯影亮晃之处,充当起戏中的床具来。他手中拎着剧本,躺卧在道具箱上,模仿起许乞食这个角色来。

"像阮这些命运穷苦人家,在工厂为头家做牛做马……"宋导模拟着戏中角色的动作,病恹恹地卧在床板上,"一旦得了病,却像废纸般任人抛弃……唉!"

老伍朗声地喊着:"赞!"而后,报以掌声。

"怎么样,我们今天就展开工作吧!"宋导轻声喝着。

几个人很快地围聚在阿贤的面前,或坐或立,等着他开口谈论剧本的创作构思。

56

阿贤抬起头来,望望窗外。戏院后台的天窗外,洒进一盆皎洁的月光……他隐隐听见隔着后街,从家户中传来的夫妻谈话声。他垂下头去,宋导轻轻拍着他的肩膀,语态沉稳地说:"怎么样?你觉得戏排得如何……"

"嗯——还不错,"阿贤回过身来,抿起薄薄的双唇,"就是欠缺一些内心的真实。"

"这是最困难的部分,需要多排练……"宋导轻喟着。

57

过午了。

戏院后台稍显灰暗的仓房里,点着几盏灯。小李准时依约赶来排练,却发现只有宋导坐在道具箱上写写涂涂……

演员们陆续赶到,宋导要大家试装。明洁欣喜地从道具箱里翻出戏服来,站在妆镜前试穿着。

两声掌声,宋导示意排练即将开展。木门"咿——"地响起声来,阿贤在惠子的陪伴下,走进门来。

明洁身着戏服,脸上画着浓艳的妆彩,穿金戴饰地迎过身去,在惠子面前踩了几脚碎碎的花步。

惠子仰身笑了起来,空气中绽放着一股亢奋的气息。

宋导趁着这股气息感染着大家心怀之际,谈起他多天以来的排戏心得。他套了句表演训练的老话:"永远记住舞台上每一个动作的目的性……目的性……就是为什么这样做,又为什么那样做。"

"是的。"阿贤说,"就是保持内心的真实。"

排戏依旧在编导的暗示性指导下,拉开序幕。戏里囤积私粮的奸商角色由老伍扮演,明洁则扮演戏中老伍的妻子。

灯光乍亮,扮演奸商的老伍,数着颠颠跌跌的细碎步子,移身在一把太师椅座前,一屁股唐突地坐下。

饰妻的明洁,从排戏角落的另一侧,走了进来,在一张散置着算盘和账簿的麻将桌前,停下步来。

两个角色隔着一张麻将桌,相互鬼祟地凝视片刻。奸商先是疑神疑鬼地前瞻后顾半响,而后,一手猛往袍子里的暗袋掏着东西,小心翼翼地,掏出了成叠的纸钞。

"五万五千六百元,再来个八万三千元⋯⋯"奸商一副猥琐的模样,得意忘形地数着手上的纸钞,"台湾'光复',真是人间好光景⋯⋯"

这时,奸商的妻子碎步移身过来,睁溜的一双浊眼直盯着成叠的花花绿绿的纸钞。奸商勾着高高耸起的肩胛,嘿嘿地说着:

"你可知道,光这个月,我们就净赚了三十二万五千八百元哩!"

"哎哟,这么多哩!当真有这么多哩,怎么赚来的呢?"

"还不是靠面粉和糖。"奸商在麻将桌上,耍拨着一只大大的算盘,"试想,一袋二百五十元的面粉,囤积起来,再进市场时,已经涨到五百四十元了。"

"就更不用提糖是如何价位高涨的了!"奸商的妻子媚俗地

应和着,"对吧!"

"好!"宋导喊了声停,老伍和明洁换下了戏中角色的身份,回到演员的位置上来。

"这场戏,在舞台上是一场对手戏。你们很入戏……"宋导解释着,"但,却在反映着现实社会的景况,因而,说穿了是演给观众看的……"

逆着排练空间里那盏吊在天花板上的灯,宋导摆出一副戏中奸商角色的模样,向着观众席,睁大眼睛,简洁地说:"试想……"

宋导的意思是,老伍的这段戏,在演出时,应该对着观众旁白。"演员应从角色中跳脱出来。"他说。

58

又是另一个排戏的黄昏时分。

宋导和阿贤的两个背影,伫立在后台仓库间的木窗前。

老伍和一伙演员在灯影晃动的道具箱间,整理戏服……小李和明洁,各自找个角落,即兴练习起来。

宋导靠在木门边吸着烟,阿贤走到宋导身前,将半掩的门"咿——"地拉开,眼前是一片蔓草横生的废园。

夕照在残生的蔓草间拉曳着摇晃的光影。

宋导说他总喜欢在日暮时分，孤独地站在窗前，面对这片废园。"有一种说不上来的凄然美感哩！"他说。

"能够理解，"低抑着嗓门，阿贤说，"'皇民化'时期，和日本政府演对台戏；'光复'后，还得继续唱对台戏。"

阿贤轻轻地慌咳一阵，忧戚地表示，他能明白宋导心底的压力。

"担心吗？"宋导关切地询问。

"你是说担心被送进黑牢吗？"阿贤苦苦地笑了。

宋导没搭腔。他从口袋里摸出一包皱巴巴的纸烟，随手取了一根，燃起星星火焰。

阿贤的脸上溢着一股有别寻常的坚定神色。暮色在门前渐渐暗了下来。

宋导走进门来，在灯下和大家亲切地招手，示意排戏又将开始……依旧是老伍和明洁的对手戏。

在这一场排练里，饰演奸商的老伍在缓缓摇晃的灯影底下，徘徊着。手里捧着一只大算盘，他煞有其事地边走动，边拨弄算盘珠子。"买来时，每斤三块钱……现在，卖了出去，每斤少说赚十七元……咦！"

这一回，饰奸商的老伍，似乎颇能掌握宋导在前场戏时的指引，他故弄玄虚地朝着虚设的观众席，夸张地扮了一张贪婪的脸——"嗯，足足有二百万的净利……我说，是二百万元哩！"

饰奸商妻子的明洁，此时，在灯盏的另一边，难掩心里的喜悦，舌头打了结似的，"什么……有——有那么多！二百万元！"她惊讶地说。

"好！今晚就排到这里！"宋导提着沙哑的嗓门，喊了一声，"天色晚了，外头又不怎么安宁，回家时，得小心些！"

宋导回过头去，凝视阿贤片刻。阿贤先是静默地点点头，而后，便一脸欣悦地谢着大家。"明天早上十点钟，拍剧照，在戏院门口。"他说。

"还可以吧！没和你剧本的原初构思出入太大吧！"宋导缓缓移步到阿贤身旁。

"很理想，戏很有看头。就等着在中山堂演出了！"

阿贤兴奋地微笑了起来。宋导从半掩的木门望出去，星光洒落在迎风飘晃的草木之间，一片银洁的光影，浮动着……

59

已经将近午时。

戏院门口，年轻演员并列在几张座椅的后面，站立着。

老伍、宋导一身整齐的装扮，坐在前排座椅的侧边。老伍挽挽衣袖，瞧着腕上的手表，显得些许地着急；宋导两手垂直地摆在膝盖上，抬头望望逐渐阴霾起来的天空，神色凝定地吸了口气……尝试在镜头前摆一个最恰当的坐姿来。

摄影师将头脸整个埋进相机的黑布帘里，几度调整着镜头的焦距。

"请稍等片刻,我们还有一个重要的人没到齐。"宋导一手指着身旁的空椅子,说着。

"阿贤兄,"在后排站立久候的明洁,着急地问着,"大嫂人到哪儿去了?"

"喔!到报社发布演出消息去了!"

阿贤答复着。近午的天空急骤地聚起层层乌云,天阴霾了起来。

摄影师从覆盖的黑布露出头脸来,望着阴沉沉的天际,担心着继续久候下去,剧照恐因落雨而拍摄不成。

惠子竟在这紧要的关头,从戏院门口的对街匆匆地赶了过来。

阿贤立起身来,正待焦急地询问些什么,明洁已经抢着说话:"喔——真担心死了,大嫂!"她边理了理衣襟,边问着。

"刚刚到报社去。好消息——"惠子轻喘着鼻息,睁大眼睛说,"李青说,消息还没见报,已经有很多观众等着看戏了!"

宋导这时担忧着天若飘雨,恐连照都拍不成,连忙招呼大伙快坐下来。"下雨了!什么都拍不成!"

惠子在阿贤身旁的空椅子坐了下来,轻轻地,将手搁在阿贤的腿上……"咔嚓"声响,剧照拍摄完成。

60

戏院售票口旁的灰墙上，贴着一张海报，写着"圣峰演剧团公演:《壁》"。海报旁，几帧剧照简单地粘贴在告示栏上。

人潮蜂拥在戏院门前的售票口。门廊外，挤在广场上的观众，眼见着暮色的天空又将飘起雨来，纷纷推拥着前排购票的人。

戏院里。

舞台前的观众席，挤满了性急的观众，不断地鼓掌催幕。

观众席的灯光暗淡下来，观众渐渐安静了下来。

舞台的帘幕缓缓地拉开……

灯光亮，舞台的中央筑起一堵高高的壁，隔开左右两边景观截然有别的场景。

舞台左边的灯光黯弱下去；右边，从翼幕打出的两束脚光，将壁的这一侧烘染出瑰烂的气息。在布置俗丽的厅堂里，吊挂着绚烂而萎靡的彩灯。几把漆色油亮的太师椅，摆放在散置着麻将牌的古铜色高脚桌旁。角落的茶几上，安放着一只雕花的明清瓷器。再往里头一瞧，一张雕饰典雅的鸦片椅，伏在麻将桌的后头。

轻靡的音乐响起……

俄顷，饰演奸商的老伍先亮了相。

披着一身华丽长袍的奸商，从舞台右方疾步走出。他右手抱着一只偌大的算盘，左手揽着成叠的账簿，来到太师椅前，一屁股沉沉地坐了下来,衣袖一揽,将算盘往麻将牌间一摆,而后,将成叠的旧账簿在算盘上往返地甩着,发出"哩——哩——咧——咧"的摩擦声。

这场戏拉开了演出的序幕。在老伍扮演的奸商,终而与扮演奸商之妻的明洁谈起如何囤积米粮以致富时,舞台下原本凝然的观众席间,传出阵阵的骚动……

俄顷,舞台这边的灯光暗弱下去。《望春风》的民谣曲缓缓地流荡在舞台上,刹那间观众席响起了热烈而昂亢的掌声。

灯光在舞台上那堵壁的左侧逐渐亮了起来。扮演工人许乞食的小李,着一身破敝的汗衫,蹲踞在舞台的角落。身旁,一张布满窟窿的旧蚊帐,攀吊在漆色斑驳的旧床上;灯光惨暗的厅堂前摆着一张灵桌,案上蚀朽的牌位,袅绕在一片弥漫的香火里。

演出在舞台两边此起彼落地进行着,形成强烈的对比。

观众时而讪笑,时而悲切,舞台上的场景,牵动着起伏的情绪……

61

观众席一片静默。

阿贤轻轻握着惠子的手,并坐在观众席的前排,专注着,一语不发,两人似乎默契颇深地,不受观众情绪的影响,尽力保持着冷静的心绪。

幕间休息时,掌声阵阵"噼里啪啦"地彻响起来,没赶上演出前入场的观众,这时经由戏台服务人员的安排,从正门穿梭进来。一开一启的门扉,引来室外"哗啦——哗啦"巨响的落雨声……

掌声与雨声在戏院的里外,相互呼应,热络无比。

在雨落倾盆的戏院檐廊下,一个衣衫破敝的孩子,蹲在巨厚的廊柱底下,无助地望着豪雨劫洗的天空。

突然间,孩子孤弱的眼神望向豪雨的街头,那里飘出一股惊奇的氛围。一队身着草绿色军装式雨裳的枪兵,步伐凌乱地奔跑经过,军靴踏落之处,喷溅起水花阵阵。

孩子瑟缩起他枯瘦的身子,望着愈行愈远的枪兵奔跑而去,直到消失于街的尽头。

戏院里,观众正屏息期待剧情铺衍至另一波高潮……

62

《望春风》的民谣曲渐渐转弱。

舞台上,一堵壁的左侧灯光依稀打亮。

工人许乞食依稀躺卧在那张敝旧的病床上。他一张瘦削的病颜,在暗幽的光影晃动下,显得愈发苦恼。

病榻旁,许乞食目盲的母亲翻落饭桌上的一碗面食,嘴角淌着一丝鲜血,倒卧在地,几度想挣扎起身,却又无力地倒下。

"我的肚子,绞痛……"舞台上,传来老母亲哀号的声音,"儿子,你到底在面里添加了什么东西?"

"原谅我吧!母亲,这茫漠的世间容不下我们这样贫苦的人家……"病榻上,许乞食耗尽最后一丝气力,勉强撑起腰身,喃喃地独白,"原谅我吧,我随后就跟来。"

移身下床,许乞食抱起倒卧地上已然停止呼吸的母亲,在灯影斜射下茫然伫立,而后,将母亲的尸身摆回旧榻上……转了一个吃力的腰身,爬到饭桌旁,将残剩的那碗面端起,狼吞地,一口灌进肚子里。

他昂首,凝思片刻,表情漠然,似在等候死神致命的召唤。

舞台上壁的这侧,灯光骤暗……

突然间,舞台的右边,灯光渐渐亮起,脚光折射进来。音调萎靡的流行曲,在舞台上响起。又是摆设俗艳的客厅景象,奸商和两位来客,酒酣耳热地围坐在一张饭桌前。靠桌右边的一位,衣装整然,白皙的脸颊上架着一副金丝边眼镜;奸商身旁的一位,身着长及脚踝的深褐色袈裟,顶着个圆溜溜的光头,是个身材痴肥的出家人。

舞台上,他们三人嬉闹地划拳饮酒。"陈医师,你输了,干掉这一杯。来!换我们六根清净的圆空师父。"奸商吆喝着,劝二位来客进酒,"嘿——我们的花花大师,来!有福共享,划一拳。"

这侧,灯光随着拳闹掩去而转弱……

另一侧，灯光缓缓亮起时，许乞食屏住残喘的余息，硬撑着直起倚在桌沿的身子，拖曳着沉重的身躯，攀向舞台上的那堵壁。他紧紧地握起似已丧失了力气的双拳，极其奋力地敲击着壁……

"壁啊！壁。"这一刻，舞台上跪倒壁侧的许乞食，嘶声呐喊，"在壁的那一边，囤积着满屋子的米粮，享不尽的奢靡与豪华。但是，就在壁的这边，却残喘着连碗米饭都吃不着的人家。"

垂下已然呈虚脱状态的双拳……而后，许乞食屏住最后的余息，奋力地摇晃了几下额头，猛然间，将额头狠狠地撞向舞台上高高筑起的那堵壁。

就在那惊骇若真的刹那，扮演许乞食的小李，一张狞厉的脸朝向观众席，嘴角汩汩地淌出一道道淋淋的鲜血。

"这绝望的社会……一层壁隔开贫富悬殊的两个世界。"凄厉的呐喊声，传遍戏院观众席的角落。

舞台灯渐暗，仅留一盏脚灯，从翼幕旁照射出来，宛若一摊黯淡的月色，洒落在破敝的陋舍里，映照着许乞食一张鬼魅般悲愤的脸……

灯暗，幕落。

观众席响起热烈的掌声。时而，端坐在席上的阿贤，隐约还听见如雷掌声中夹杂着几声赞绝的呼声。

阿贤可以感觉得到惠子渗着温温汗水的手掌，正紧紧地握在他因着亢奋而拢握起来的手中。

幕再掀起，宋导带领演员们出来谢幕时，阿贤虽然没有回过头去,却仿佛望见观众席间前后起身鼓掌的人潮里,有那么一位额前覆着霜发,面容皙白而略显瘦削的长者,置身在"哗啦——哗啦"如豪雨般的掌声中,兀自低语着。

"阿贤,好作品……好戏……不愧是战后剧运的第一座里程碑。"长者以标准的日语,这么说着。他好似听见久违了的伊藤先生,不吝地赞美着。

63

天空晴朗的午后。

惠子忙着在居家的榻榻米屋舍客室里招呼客人,帮参与演出的剧场成员们热心地倒着热茶。

许医师端坐在榻榻米客室靠窗的角落里,手里拾着卷成滚筒状的一叠报纸。

小李和明洁围着老伍,询问他演出后各界的回响。"老伍,听说前去看戏的朋友们,都有很好的反应,是吗?"小李甩着他那及肩的无政府主义青年直淌如瀑的黑发,微笑地问着。

"是啊!我也是这么听说的哋!"明洁利落地答着。

一位新进的舞台监督,急急忙忙地问起老伍,到底报上的反应如何?

老伍从衣袋里取出一张叠得井然有序的报纸,架起一副银边的老花眼镜,专心地阅读起报纸上的评论。"这是一篇很有说服力的文章,由作家王白渊先生写的……"老伍说着,将报纸交到小李面前,示意他读给大家听听。

接过报纸的小李,迅速地将评论文章览读一遍。望望一旁着急地想知道评文内容的明洁,他脸上的微笑转而更加开怀起来。"快呀!快读来听听,报纸上到底是怎么写的……"明洁急得顿起细琐的脚板。

"评论上说,"小李刻意清清喉咙,扮出洒脱的一副模样。他咬字恭谨地读起报。

"《壁》的演出,之所以成功,可归于以下两项因素:首先,语言解放和思想自由,是使该剧公演博得盛况的一大理由。"沉吟了半晌,他才继续读着报上的文章,"演剧是大众性,尤其是富于社会性的事情。如果演剧能够将民众的苦闷、不满、失望和希望表达出来,一定可以受到大众的支持……这是《壁》这出戏受欢迎的另一项因素。"

小李读毕报纸上的评论文字,明洁和几位演员及舞台监督,陷入深深的思索中,欣悦的神色转为严肃。老伍盛赞着评论的人文深度,特别提起将剧场与社会实况结合起来的论述,值得作为这回演出的检讨重点。

许医师早就在一旁轻轻地点着头,表示对评论观点的认可。

这时,惠子手里端着杯热茶,啜饮着。她习惯性望望窗外,瞧见阿贤正低抑嗓门和宋导在庭院里谈话,像在商议着什么重要的事情。

许医师见惠子有些忧心地望着窗外的阿贤,立起身来,走近惠子的身旁，轻抚着她的肩膀，而后劝慰道："阿贤的痨病已经好多了！别担心。"

"就怕他又拼命地工作起来。"

"是啊！进步派作风……"许医师伫立在惠子身旁，和惠子一起望着专心谈话中的阿贤和宋导。

俄顷，他转过身来，面对着讨论得起劲的演员们说："今天，为了庆祝首演成功，我特地从诊所将留声机给搬来……"

"哦！真是太好了！"惠子蓄意抬高嗓门，想让庭院里的阿贤听到她说话的声音，"伊藤先生回国前，留下一张《新世界交响曲》的唱片……我们一起放来欣赏吧！"

几个人兴致盎然地鼓着掌，表示乐于在这个时候欣赏一段交响曲。

跌宕的奏鸣曲响在榻榻米房舍里，阿贤和宋导这时不约而同地回转过来，望着屋舍内，和窗前的许医师与惠子，隔着木窗，微微地笑了起来。

阿贤和宋导见大伙儿都陶醉在共享交响曲的情境中，主动前后相随地转进屋舍里来，端坐在玄关上，时而不忘喁喁地计议。

许医师转身将交响乐的音量调低，决意以朗诵报上阿贤所写的一篇文章，来让阿贤和宋导重新投回大伙热烈谈论的氛围里。他于是拉了把藤椅到靠窗的角落，装作一副郑重其事的模样，将握在手里的报纸"唰"地摊开，向在场的人宣布，他即将念一段编剧所写的《关于〈壁〉的演出的关键性话语》。他接着有板有眼地念着："由于现实的错综复杂，一个晚上花费数万元、沉迷于花天酒地的人,经常冷漠面对着挣扎于饥饿边缘的人……我写的《壁》就是在谈这样的事态。"

许医师朗读着报纸上的这段文字时,阿贤些许尴尬地垂下头去,坐在他身旁的宋导逗趣地鼓起掌来。阿贤重新抬起头来时,午后亮丽的阳光正洒落在他逐渐康复起来,看似较病弱时远为红润的颜颊上。

大伙儿欣然地望着阿贤。宋导选择这个适当的时刻,撑起身子,语态从容地宣布:"刚刚我和阿贤在屋外商量了,我们打算到中山堂公开演出。"

"什么时候?"老伍好奇地问。

"就在下个月吧!"

榻榻米屋舍里宛如潮水般起伏的乐章,冲击着演员们交荡的心怀。

64

戏院后台的仓库,经过前一阵子排戏时的整理,显得较以往整然。但是堆栈的杂物仍然盘踞着很大的空间,走在里头,得随时留意步子,免得摔了跤或踏碎什么演戏的道具。

几个简便的灯泡,错落地吊挂在排练的场区上头。明洁在灯影摇晃的排练区急促地来回踱步,还时时不忘用一双逡巡的眼望向木门，等候着适时出现的剧团团员，特别是宋导的到来。

老伍一双眼埋在暗幽处，垂首，蹲坐在一只道具箱上。他夹在指缝间的香烟，一根接上一根，从没停歇过。

"戏都被禁了，宋导总不会是找我们来排戏的吧！"明洁纳闷地问着。

老伍吸着烟，没有特别去关切明洁的疑惑，心中仿佛另有心事。明洁见老伍久久不发一语，兀自无趣地喃喃低声自问："小李呢？怎么到现在还见不着他的踪影呢！"没想，这话让老伍听在耳里，深深地吸了口烟，抬起久伏的头来，才淡淡地答话说："别担心，他不会有事的……他刚刚来过……又去报社搜集禁演的新闻了。"

这时，老伍很是感伤地忆起几个月前，宋导的广播剧被禁演时，他们也曾经在这里聚过会。记忆中，就在那个沉闷的夜里，宋导曾经私下和他讨论过广播剧既然横遭打压，何不将剧场重新复苏起来，演出反映社会现状的戏码？没想，只有几个月的时间，竟然连演剧也被禁绝了！

想到接二连三的禁令像乌云般覆盖着剧团的天空，老伍正苦闷着，想站起来四处晃晃。谁料就在这时，木门"咿——"地被推了开来，只见小李一头汗水地出现在门后，直喘着紧绷的气息。

"怎么啰！都还好吧！"明洁担心地问着。

小李慌张地睁大他一双亮在一阵子惶然背后的眼睛，只顾将握在手上的报纸前后甩动，急急地说："这是《新生报》和《大明报》的紧要声明。"

"《人民导报》呢?"老伍随即追问着。

"喔——先读这消息,我等一下再说《导报》的状况。"小李一把将手中的报纸塞给老伍。

取过报纸,老伍捺熄指缝间的烟头,读着报上的消息,喃喃自语:"《壁》真的碰壁了……圣峰演剧团在台北中山堂的公演,遭当局通令禁演。"

明洁这么一听,整个人也跟着慌乱了心绪。"那么宋导和阿贤兄呢?他们人呢?"她问。

"喔——对了,关于《人民导报》的事……"小李忆起前一刻,老伍询问他有关《导报》的事,"我刚和宋导及阿贤在导报分手……"小李这时提及《人民导报》的王社长为了《壁》被禁演的事,特别找了宋导和阿贤前去报社,商议草拟一篇抗议性的短评文章,因而无法前来剧场。"宋导要我向你们说声道歉,他现在无法来了。我们先回家等候通知。"

明洁愣了片刻,陷在冥想中,在小李的催促下才清醒了过来,正打算转身离去,却发现老伍在将刊登禁演消息的报纸以图钉牢牢地钉在墙板上。"什么挑动阶级斗争……只不过是反映社会现状嘛!"他悻悻然地说着,抬头盯住墙板上的报纸。

65

就在《人民导报》草拟短评的那个午后，宋导谈了很多他对终战后台湾剧运发展的看法。阿贤只简单地重申他认为戏剧来自人民的现实生活，终将在舞台上呈现人民的集体意识。

李青记者原本建议再度向有关单位施予言论压力，争取获得能够重返中山堂演出的机会。王社长却认为，依他对现状的了解，《壁》被解禁的可能性并不高。眼前唯一的办法，便是转往地下演出。王社长这么倡议。李青立即想到何不转向大学里去演出。

"申请吗？"宋导半信半疑地问着。

"喔——当然不，地下演出是唯一的出路。"王社长笃定地答道。

66

为了筹备在大学的地下演出，宋导与阿贤除了积极与团员们秘密开会之外，并让小李乔装成学生身份，前去大学里活动。

这同时，他们接到从上海来的左翼剧团的邀请函，邀他们去剧院里看戏。宋导起先颇为纳闷，在这个风声鹤唳的时候，怎么可能容许上海的左翼剧团上台呢？经阿贤分析后，他逐渐明白起事态的原委，认为应该前去关切上海来客的安危。

"国共内战还在大陆打得如火如荼，胜负也会逐渐分晓……"阿贤解释着说，"现在在台的行政长官公署的要员，都还难以分辨到底谁将来台统治……这是个混乱的真空期啊！"

相信谁都无法确信明天到台湾来统治的政权必然是国民政府，因而像上海左翼剧团这样的组织，仍然能够抵台公演。这是阿贤对时局的见解，他也成功地运用了这个机会，说服了宋导和他一起去看戏并深入了解时势的推移与发展。

时势对圣峰演剧团而言，自然是不那么有利的。但宋导还是爽朗地笑了，深觉去看场上海来的剧团演出，无论对于剖视时局和演剧美学而言，都有极大的帮助。

67

是夜，今日座戏院的门口吹来初冬寒凉的夜风。

散场时分，戏院门口走出稀稀落落的观众，在夜色中，急急忙忙地招呼着三轮车，想赶快离开。

拉一拉外套的衣襟，宋导缩着他短短的脖子，在阵阵冷凉中兀自左顾右盼，等候着阿贤出场。

宋导原本想，不宜在这敏感时刻，太明目张胆地到后台去探上海演剧社的班。因此,散场时,便和阿贤商量,只由他去后台和久仰的欧阳导演寒暄几句,便径自离去。没想阿贤竟然一寒暄便这么久的时间,他还有些不放心哩!

隔顷,当他一眼瞧见阿贤的身影时,竟同时也听到一口京片子就在他耳际响了起来,是欧阳导演一路送阿贤走出戏院来。这就让宋导相当愕然了。他看这情势,似乎也只能挨过身去互道几声问候的话。

"欧阳先生,久仰大名……"宋导装作若无其事的模样,伸手握住对方的手掌,"刚刚看了你们的演出,很有水平,令人感佩万分。"

"不敢当!"欧阳先生沉吟着,"哦!你的普通话说得还不错!"他继而讶然地称赞着。

"哦——宋导曾经在大陆待过一阵子!"一旁的阿贤微笑着说。

"不敢当!"宋导学着欧阳导演的上海腔,微微地颔首称是,"还在上海码头浪荡了几天哩!"

欧阳导演于是谈起了由于客观情势的推演,新剧运动在大陆的进展,相当快速。宋导则表示,他经常忆起在上海剧院看戏的时候。有一回,正逢学校闹罢课。学生举着抗议的布条经过戏院门口时,观众们纷纷立起身来,奔出戏院,为学生们高声喝彩。等示威的学生经过之后,观众又回到座位席上,台上的演员竟即兴地穿插了一场学生示威的演出片断。

"真是激动人心!"宋导说着,竟不意间瞥见阿贤的眼眶里浮着一汪热泪。

为了避开宋导一时拘谨起来的眼光,阿贤和欧阳导演谈及此番来看戏,除了久仰上海演剧的表演水平之外,最重要的,还是前来通告岛内情势日益紧张,省籍歧见愈来愈严重,生怕省籍矛盾会波及欧阳导演及上海剧团的团员。

"情势恶劣,你们得多保重!"阿贤叮咛着。

"你们也一样!"欧阳导演脸色凝重地回应着。

临告别前,宋导倡议往后几天的演出,还是由圣峰演剧团的演员前往旅馆接送,这样能处理一些临时发生的状况。

欧阳导演感激地紧握着宋导和阿贤的手,久久说不出话来。

68

黄昏时,宋导和阿贤吃力地踩着自行车,攀上大桥的桥面。

不远处,他们一眼便瞧见大桥的正中央躺着一辆四轮翻天的军用卡车,燃起熊熊烈火。

跳下自行车,他们机警地牵着把手,缓缓步行在桥侧的人行穿越道上。

宋导停下步来,望了望身后的阿贤,神色显得有些慌张……"快——通知欧阳导演和上海新剧社的演员。"宋导顿了一会儿,四处张望着,"要他们留在旅馆里,暂时别出门。"

"是啊!万一被误伤了,就惨了。"阿贤忙答话说。

他们跳上自行车，急忙朝着桥的另一端奋力踩去。空轮滑下桥面时，远远地，他们似乎听见河的下游处，传来几声"砰——砰"的枪响，河水突然间变得凄惶了起来。

69

沿街的商家陆续将门户紧闭起来。宋导和阿贤转过一个街角，跃下自行车，低掩着身子穿行过窄窄的巷弄，刚步出大街时，仰首望望对街的旅馆，恰好瞧见欧阳导演伫立在旅馆二楼欧式檐廊的骑楼上。

欧阳导演像是正情急地等候着他们前来通知什么讯息似地，朝着对街骑楼下的他们招起手势来。

此际，突然间，街道尽头疾速地驶来了一部军用卡车。阿贤机警地感觉情势不对劲，转身躲在一根巨厚的廊柱后头，边慌咳着，边向楼台上的欧阳导演挥起手来。宋导见状，干脆朝着对街高呼："回避——回避进旅舍去。"

街道上匆匆走动的一些人，听宋导以普通话高声呐喊，都慌地在街巷间不知所措地奔窜起来。

卡车驶近旅馆附近，几个荷枪的军人，突然间丧失理智似地，朝着街心胡乱开枪扫射起来……乱枪声中，宋导即刻伏倒地上，手边的自行车沉沉地摔落马路旁。

枪声停息，宛若经历一场风暴之后，世界又归于死寂。伏地的宋导，斜着他的侧脸，从地面上望过去，恰好瞧见卡车的巨轮滚过街心，扬起阵阵的烟尘……一阵烟尘吹散后，几个路人残喘着血流如注的身体，卧倒在血泊中。

路旁的行人从惊惶中探出身来，几个身材壮硕的中年人，赶忙拉着歪斜在电杆下的人力车，赶过来急急忙地将受伤的行人扶上车去。推着，挤着，有人喊叫着"送往和平病院"；有人呆立在街心，脚底下摊着汩汩扩散开来的血渍。

街头陷于一片混乱。

宋导和阿贤忙着抬扶中弹受伤的路人。

人力车离去。宋导和阿贤双双冲进旅馆中，迎面就碰着了慌乱中七嘴八舌议论纷然的上海剧团团员。

奔上二楼，欧阳导演正和几位团员密商要事，个个神态愁惨。

"欧阳导演，事态愈来愈严重了！"宋导强作镇定地说，"赶快安排航班，近日就打基隆回上海吧！"

宋导一席严肃的警语，恍然稳住了欧阳导演和其他人纷乱的阵脚。阿贤只顾在一旁点着头，表示赞同宋导的决意。"快！要快！"他附和着说。

70

　　基隆码头飘着初冬的纷纷细雨，淅淅沥沥地沾湿了欧阳导演呢绒列宁装的肩头。

　　黑伞底下，兀自伤怀着的阿贤和头顶着鸭舌帽的宋导，伸出手来与欧阳导演握手话别……

　　"保重！希望来日能在上海与你们相见！"欧阳导演哽咽地说，"感谢你们的照顾。"

　　"请你也保重！"宋导紧握着对方的手。

　　"喔——你们的戏准备在大学演出吗？"

　　"是的，地下的——"阿贤不怎么流利地，用普通话说。

　　寒风飘湿了码头的天空。

　　"请千万保重，在艰苦的时局底下。"欧阳导演临上船时，犹不忘回首叮咛。

71

　　夜风轻轻袭动着校园礼堂的门窗，发出"咯——咯"的声响。这夜，显得有些诡异。演员们套着轻便的戏服，在后台徘徊走动着。

礼堂舞台上的装置，比起在戏院演出时简陋了许多。

阿贤坐在观众席的头排，等候着彩排开始。他一颗担忧的心悬着，许久默然。

灯光亮起，舞台上站出了宋导。逆着聚光，望向观众席，他一脸的冷然。而后，他就站在那儿拉开了一席讲演的话语来：

"各位同学，只不过是反映现实的一出戏嘛！竟然被指控为挑动阶级斗争！这真是称得上演个没什么了不起的戏都禁止的'民主'、'自由'……"

宋导双手在身前一摊，朝着前座的阿贤问："这是开场白……行吗？"

观众席响起阿贤缓慢却节拍有致的掌声。宋导在掌声的回音中，从舞台上跃下身来。

音乐响起，演员趁着暗灯的过场时分，匆忙而有效率地推出一堵壁，放置在舞台中央。

灯光亮起，演员出场……

舞台上的余光映着台下宋导和阿贤端坐于席位上的身影。

"外头的风声愈来愈紧……"阿贤侧过他瘦削的脸颊，深沉地说。

"就因为风声紧，才将舞台搬进校园里来，借此也影响影响学生的思想倾向！"宋导说。

舞台上的彩排持续着。礼堂的侧门被轻轻地打开，宋导和阿贤不约而同地转过脸去，望见李青从光影交叠处走了过来。夜风从门外穿梭而进。

蹲伏着身子，李青在暗幽的光影中辨出宋导，悄声蹑着脚步靠过来,"情势愈来愈糟……他们到台大抓学生……淡水河听说浮起掌中串着铁丝的尸体……"李青慌乱地说着,沮丧的声音渲染在暗幽幽的礼堂里。

李青认为,在这么苛酷的时期,为了学生的安全着想,最好暂时取消校内的演出计划,免于牵累学生。阿贤自然同意李青为关照学生安危而提出的这项建议……

宋导深深地吸了一口气,颇为勉强地站起身来,朝着彩排中的演员猛力地拍了两下掌,示意舞台上停止排戏。

阿贤扭动开关,礼堂的室灯,一盏又一盏地亮起。

台上的演员似乎已经多少明白情况不妙了,愣在表演区里……老伍放下他扶在胸前的那只道具算盘,惊惶地走向台前。"怎么啦?"他问。

"喔——淡水河浮起学生的尸体,为免牵累学生,我们取消明天的演出……"

灯杆上的一盏聚光灯因没吊挂稳当,"啪"的一声碎裂在舞台上。大伙儿面面相觑,心中隐隐泛着一股不祥的预感。

演员们在宋导的调动下,开始拆卸起台上的道具和灯。

72

街头上,鼎沸的人潮聚拥在转角的一方广场边。情绪高昂的群众，吆喝着……呐喊着……时而传出悻骂声。然而，就在那个身着灰色夹克、打扮很是平民化却又不失礼节的中年人，步上广场临时架起的演讲台时，激动的群众一时安静了下来，像是在等候着台上的他，说出一席惊天动地的话来。

毕竟，台上的中年人是冷静而机灵的。他停留在那儿约莫前后有三十秒的时间，一语不发，然后，才轻轻地摘下覆在他额顶上的呢绒方帽，朝着等候中的群众招起帽缘来……台下的掌声忽地"噼里啪啦"震响起来。

中年人将呢绒方帽覆回他的额顶，一席语态镇定的讲演，激励着群众亢奋的心绪。

"讲台上的是《导报》的王社长，"阿贤用手肘轻轻碰触着身旁的惠子，"很优秀的台湾人……"

"我认得，"惠子聚精会神地听着中年人的讲演，边点头地说，"前些年，还常到多桑的诊所里走动。"

中年人的演讲很简短，却引来如雷的掌声。就在台上的讲演告一段落时，群众中站在阿贤身旁的一位听者，转过头来，细细地打量了一下阿贤，似曾相识的一张脸。"您——就是《壁》那出戏的编剧吧！"

"喔——是啊！你认识我吗？"阿贤颇为惊讶。

没等阿贤进一步询问，这位陌生的听者随即向身旁的群众宣布："《壁》这出戏的编剧就在这儿！"他继而高声地呐喊："我们鼓掌欢迎他上台好吗？"

掌声，鼓噪声，除此之外，便是一阵又一阵如浪潮般的叫好声。

戏中壁（小说）

阿贤站上讲台时，王社长特地等在台上，和他郑重地握了手，拍着他单薄的肩膀，再次和群众介绍他就是《壁》这出戏的编剧。

这时，热烈的掌声又彻响起来，广场上聚集了愈来愈多的群众。

阿贤的演讲虽然比起先前的王社长冗长些，也的确激动些，但还是环绕在一个重要的主题上——

"是的，政府官员歪哥*、腐败，导致民众的不满。但无论情势如何恶劣，希望大家避免伤害无辜的外省同胞。"

等阿贤讲完话，从台上激切地走下台来时，王社长随即抢过身去，热切而温慰地以双手搭在他肩上。"宋导呢？"王社长关切的眼神，望着犹自亢奋中的阿贤，"见到他人，请代为问候，并转告，多保重。"

"你也一样……王社长。"阿贤说。

73

夜深了。

辗转床榻难以成眠的阿贤，索性坐回书桌前，将客厅里

---

* 闽南语，做坏事。——编者注

的收音机搬到桌上,点起灯来,聚精会神地扭动着收音机的频道。吱吱喳喳的杂音从扩音器里传出,干扰着广播的音质。然而,阿贤仍然可以隐约听到王社长在广播里的谈话声:

"'二·二八'处理委员会的使命已经完成,从今以后,只有经过全体省民的力量才能解决问题,并达成合理要求……希望全体同胞继续奋斗。"

收音机里传出的声音,是哽咽的……阿贤听着,垂丧地低下头来,他喃喃自语地说:"被出卖了……中了陈仪的缓兵之计。"

惠子从被窝里坐起身来,拥着被……良久地望着阿贤的背影,眼眶里渐渐盈起难抑的泪水。

74

隔日清晨,一夜未眠的阿贤,搓揉着他疲惫不堪的双眼,从收音机里听到警备司令部参谋课课长柯远芬的广播:

"从这一刻起,台北、基隆一律宣布戒严,以便搜缉奸匪暴徒。"

阿贤连连慌咳了几声,一旁的惠子恍然感觉整个屋子都映着血渍的残痕。

75

黄昏时,晕红的夕阳从木窗外斜斜地照射进来,将整个榻榻米卧室映得通红。惠子在贴饰着素色花样的衣橱旁整理着阿贤的衣物。她拉开衣橱,取出一只深褐色的旧皮箱,将一件件折叠得整然有秩的衣物放进皮箱中。

庭院里,枯树脱尽了绿叶,在昏黄的寒凉中兀自萧瑟着。阿贤蹲踞在一堆篝火前,漠然地撕裂着手中的文件,以及一本本厚薄不一的书。纸张一页页地被抛进火堆里,烧成灰烬,阿贤手里拎着一根干裂的树枝,在熊熊火势中撩拨,发出"哔哔剥剥"的声响。他抬起头来,为了避开呛鼻的烟雾,竟不期然地望见惠子隔着木窗,一双凝眸冷然地端视着熊熊的火焰。

惠子将拎在身边的旧皮箱放置在榻榻米席铺上,步下玄关,趿着木屐跨到庭院里去。她在阿贤的身旁蹲下身来,帮着撕裂堆在泥地上的文件、书籍……"这张照片也烧了吗?"她从一本名为《政治经济学导论》的书里,翻出一张泛黄的照片来,"很有纪念价值的演出剧照呀!"

"演出剧照?"阿贤好奇地从惠子手中拿过旧照片来。他瞧着,细心地端详着。"喔!是伊藤先生指导的那回演出哩!"

阿贤回忆起终战前的岁月,在"皇民化演剧"政策下,他和宋导以及一伙演员,如何突破宣传剧的框框,热衷地搬演呈现社会封建面的一次次演出……"还是烧了吧!免得惹来不必要的困扰!"他说着,将手上的旧照猛地一撕,掷进火焰堆里。

"那《壁》的演出剧照呢?"望着火舌吞蚀着逐渐化为灰烬的旧照,惠子着急地问。

阿贤沉默了良久,没有搭腔。他缓缓抬起头来,低声地反问着惠子:"剧本和伊藤先生送我们的那部小说呢?"

"你该不会都要烧了吧!"惠子惶恐地问。

"不烧行吗?万一来搜家……你准被连累。"

"别担心!我已经将剧本和小说装在一个铁盒子里,埋在后院的菜园子里了!"

"没留下痕迹吧!"阿贤担忧地说,"将《壁》的演出剧照也一并给埋了!"

"嗯——等日子太平了,我们再将这几件珍贵的东西给挖出来……"

"如果,有那么一天的话……"阿贤拾起地上一只平日用来整理园圃的铲子,挖了一个深深的洞,将成堆的灰烬给埋进泥里,"就是剧团重新组织起来的时候了!"

"会的。"惠子转身踏进玄关时,犹沉吟着,"一定会有那么一天的。"她移步走近客室的木窗前,蹲跪下身,将原本已整理好衣物的旧皮箱,重新启开,从衣物中小心地取出那面依稀留有薄薄血渍的巾帕。

阿贤跟在身后,靠近过来。惠子将巾帕交给阿贤。"要保重身体。"只简单地说了这么句话,惠子的眼底隐忍着几乎夺眶而出的泪水。

下一刻,她竟自失声地号啕了起来。

76

阿贤拎起榻榻米席铺上的旧皮箱,正要转身步下玄关的木阶梯。突然间,沉重的敲门声一阵急若一阵地响在庭院前的木门上。

擦干颊上的泪水,惠子示意阿贤往后头去。"说我出门到南部做生意……"阿贤仓促地压低着嗓门,"卖笔的生意。"

阿贤翻过后院的矮墙……

惠子将绾起的发髻散落下来,用手胡乱地抹一抹散发,一张瘦单单的脸半隐半现地,埋在凌乱垂落的发丝后头。

乔装成疯妇的惠子,步履痴重地拖向庭院,嘴里犹喃喃地叨念着:"猁仔*,谁是猁仔?你才是猁仔……"

77

木门尚未拉开,几名彪形壮汉冲了进来。

"他人呢?给我搜,搜个淋漓尽致!"脸上长着红豆般碎麻子的一个壮汉,一脚踩上客室的矮几,气急败坏地指挥后头的几名特务,嚣张地嚷着。

---

* 潮州方言,疯狂的人。——编者注

"你们是谁啊!"惠子一副呆滞的模样,痴傻地问着。

"谁?"带头的麻脸特务厉声吆喝,"我们是保安司令部派来的……来抓共产党的……"

"保安……共产党……谁?你们是谁?"乔装疯妇的惠子,佯扮一脸惊吓的神色,慌乱地跌坐在玄关的木阶梯上,"谁是狷仔?你们才是狷仔。"

"他妈的,真疯了还是装疯,"跟在麻脸后头的一个满脸横肉的特务,喃喃悻骂着,"什么保安共产党……是来抓共产党的……"

"简阿贤呢?他人在哪里……快说。"几个在屋舍里翻箱倒柜乱搜一阵的特务,发现逮不着半个可疑的身影,开始有些恼怒起来。他们不耐烦地开始物色起屋舍里几件较值钱的家私。

这时,跟在麻脸特务身边的一个较年轻的特务,急急忙忙地在客室里的一处角落,翻出了一本红色封套的本子。"有了……一本'红书'。"他翻了一回,蛮横的语气笃定地说,"里头全都是通牒的密码。"

麻脸特务快步挨过身来,一把抢去跟班特务手上的"红书","他妈的,该死的……"他话刚脱出口,特务们立即凝然转过头来,想听头子进一步说些什么话。没想,就在此时,坐在玄关上的惠子,竟然痴痴地哼起歌谣来。特务们不禁纳闷起来。"哼什么啊!疯妇人!"麻脸特务悻声辱骂着。

屋舍的气息凝成一团释不开的冰砖。特务们一时都僵在那儿,听着惠子哼起歌谣,嘹亮而节奏鲜明。下一刻,就亲眼瞧着惠子立起身来,痴傻地缓步走向麻脸特务跟前,慢慢伸出手,将那"红书"给轻轻取来。而后,走向客屋一角那部前不久刚由多桑家搬回的旧钢琴前,她面无表情地坐下,掀开红色本子,双手在钢琴的键盘上弹奏起来,口中还哼着那首曲式鲜亮的歌谣。

"他妈的,原来是钢琴的琴谱。"麻脸特务懊恼地说。

"喔——不是'红书'吗?"搜到本子的特务,讶然地应声,"但封面明明是红的呀!"

"疯妇人还会弹钢琴,八成是着了魔。"特务头子一脸懊恼,凶怒的眼尖瞧着那部漆渍已然有些脱落的旧钢琴,"他妈的,搜不到人,总得搜个证物回去交差……"于是,他挥起粗暴的手势,大声嘟囔着那钢琴勉强能当证物,要跟随的几名大汉将它搬走。

扰攘声震着榻榻米屋舍。

屋檐上一只晒着冬阳的猫,惊地从檐角跃下,蹿进矮墙旁的灌丛堆里。惠子动也不动,直到几个特务走近身边时,她才愣愣地从钢琴椅上立起身来,散发披覆的脸庞后藏着她充满愠怒的一双眼睛……

78

一个秋风袭动的黄昏,乔装疯妇已有年余时日的惠子,从邻舍王太太那里风闻特务前去多桑诊所里,将看诊中的多桑给带走了,理由据说也和共产党有关……"哎哟,阿惠呀!快去诊所看看,听说他们将你多桑也带走了!"王太太慌慌乱乱地将话糊成一团,惠子乔装成痴呆模样,点着头,心里头一阵焦急……只是,她多少打心眼里明白,王太太事实上扮着特务眼线的角色,专事监视她的行踪。于是,她只有继续装作若懂若钝的痴疯状态。

这夜,惠子在妆镜前梳理好头发,套上她结婚时多桑央人从上海带来送她的那件碎花饰样的旗袍,刻意前去王太太家叩了门,像是出门迎接什么天大的喜事似地,缠着王太太说:

"怎么样?你觉得这身打扮怎样?我穿这样去看多桑,好吗?"

王太太望着痴笑的惠子,先是虚应地答称:"好看……可以,很美……"而后,便也喃喃地低声自语着,"真是愈来啰!"

穿越过夜暗时人迹稀少的街道,诊所两旁原本都熟识地尊称多桑许医师的邻舍,瞧见惠子走过街来,纷纷迅即躲进屋里,闭起门窗,像偷窥瘟神般,从雾窗里贴着脸,想窥知发疯后的惠子到底成了什么模样。

推开半掩的门户,惠子走进诊所时,一眼就瞧见原本整然有序的摆设,已然被掀得七零八落。她提着危步跨过散落满地的桌、椅、屏风,惊惶地弯进多桑在诊所里临时隔出的一间小书房里。

惠子蹲身下去收拾散落满地的书籍。在将书本整理放回架柜上时,不经意地捡到了平日多桑爱不释手的《战争与和平》。惠子随意翻动书页,在夹页上翻到一张影像依然鲜明的照片。

她细心一瞧，是《壁》开演前夕，剧团团员的一张合照。她忆起来了，合照那天，她因为前往《导报》搜集宣传文章，还让团员们在阴霾的天空底下，等了她一段时间。她于是细心地将照片夹回书页里，而后，捡来一只散置在地上的纸袋，放进日译本的《战争与和平》，拎在手里，准备带回家去。

她强抑着悲伤的心情，攀着书架站起身来，发觉角落里像是少了样东西，猛地一想，才忆起原本放置在茶几上的一张剧团的合照，已然不见踪影。倒是书桌上一架陈旧的收音机，被掀落在零乱堆栈的书籍里。

她扶正倒落的收音机，好奇地尝试扭转频道，想听听是否还能收音。谁料刚扭启开关，便听到杂音沙沙作响地从扩音器里传出，是新闻播报。她凑近耳朵仔细聆听，收音机里传来新闻播送的声音，有些模糊，但依然可辨：

"……警备司令陈诚于今天正式宣布，针对台大及师院的学生骚动，将大力整顿本省学风……"

惠子心底生出阵阵惶恐，朝书房四下瞧了一回，恍然感觉前来搜屋并带走多桑的特务，身影依稀徘徊在诊所的廊道间。"为此，全省戒严，并在基隆、高雄两港实施宵禁……"收音机里继续传来语调高昂的广播声。

惠子关掉收音机，两眼呆滞地凝睇着凌乱不堪的诊所。

"多桑！"她悲泣地低声喊着。

从收音机里听到朝鲜战争爆发新闻的仲夏夜晚，惠子在她随身携带的一本薄薄的账簿里，记下了她细数阿贤离家已有多少日夜的暗号。

她在账簿的日期栏上填写:一九五〇年六月;在支出项目上填写:千;收入项目上仍然挂零。这是惠子为避开特务搜索而想出的记录方法:支出表示阿贤已离家一千个日子;收入表示有无音讯回来。显然地,有关阿贤的音讯,惠子渺渺然不知往何处搜寻。

79

初夏午后的一阵西北雨,将午寐中的惠子给惊醒过来……

端坐在阿贤昔日写作的书桌前,惠子瞧着愈来愈是消瘦的自己的一张脸。

屋舍里,静悄悄的,不知怎的,屋外昔时一到夏日便"吱——吱"噪耳的蝉鸣,现在却变得无声无息。

惠子从年前到多桑诊所整理被抄查后一屋子凌乱的书籍、诊器以来,便刻意将自己扮成素净的模样。邻里街坊的妇人见着她,都不约而同地在她身后哩哩嗦嗦地指点着,说是她八成疯得被附了魔,才会每天装扮得这般素净,像是在为谁守丧。

这些闲话,传到惠子耳里,触动了她敏感的心,有时不免有种不祥的感觉,在吞噬着她期待多桑早日从牢里归来的心情。但,每当她在惊梦中被阵阵急促而粗暴的敲门声震醒,背脊上淌着雨水般的冷汗时,她又会想,这身素净如守丧的装扮,恰可以让从邻里口中探得讯息的特务们,多少当真认定她已经死了等候阿贤回来的一颗心。

跪下膝去,惠子在一只铅桶里拧干了沾湿的一条抹布,来回几遍地擦拭着榻榻米席铺,好似深惧屋舍内惹上一丝微尘。

惠子变得有些歇斯底里,染上了严重的洁癖。她自己都搞不清楚,到底是怎么一回事。"是啊!到底怎么搞的,会变得这样呢?"惠子正心思脆弱地反问着自己,突然间,敲门声又响了起来。

敲门声响起,惠子总是立刻便陷入一阵莫名的焦虑中。等她倾身一听,似乎感觉这敲门声不似那般粗暴、凌厉,反而有些迟疑。接着……她便听到隔壁王太太熟悉的叫门声,"阿惠!阿惠!来开门喔,"王太太吆喝着,"有人来看你了!"

惠子神色痴傻地拉开了门,眼前出现了一个肚腹便便的中年男子,脚盘跂着一双走起路来"咔啦——咔啦"作响的木屐。

王太太在进门院之后,立刻抢身在这中年男子的前头,热心地引介着。她先是结结巴巴地说:"这是新来的区长……他今天来……有重要事情相告……"而后,又状似关切地询问着惠子身体有没康健些。

惠子"嗯——嗯"地应着话,没打算作任何的答复。只是,当她听着王太太结巴得像碎纸般的话语时,心里不免感到某种惊惶,胡乱地臆想着到底是什么要紧的事情,让伊这般语无伦次!

"是这样子啦!"身材肥胖的区长,点燃指间的烟,沉重地坐了下来,"警察所日前托我转告你,有关你父亲在保密局里的生活,一切都好,要你勿担心。"

这时,惠子冷漠地端坐在书桌前,头也不回地凝视着妆镜里日渐憔悴下去的一张脸。区长见惠子没有反应,有些不知所措起来,也实在分不清该继续说些什么话,只好尴尬地望望身旁的王太太……"喔——对了,区长先生还很关心你先生的事情,他最近有没回来看你呀!都已经三年了。"王太太勉强挤出一副关切的笑容,"我是说……夜里,有没有?"

惠子依旧面无血色地瞧着妆镜中的自己。

区长于是一脸无奈地喃喃自语起来,说是真可怜哟!竟然连听人讲话都没反应哩!

80

榻榻米屋舍里,雨水洗染过的仲夏午后,因为寂寥而让人感到异常空旷。惠子只顾瞧着妆镜中的自己,一语不发。好似整个日午就仅剩区长和王太太两人,隔着一层薄薄的午阳,索然地对话着。

"许医师听说济助过很多没钱医病的穷苦人家哩!谁料得他,竟然是……"王太太不解地说。

"是啊!保安司令部的人去搜诊所时,查到一箱书……拢总是红色的呢!"

"红色的……什么意思?"

"可怜喔!"不知是刻意回避问话,或者根本也不知如何回答,区长只顾慨然地摇着头,"真是难以想象……善心待人的医生,怎么会去读那种书呢!"

惠子这时立起身来,神情一径地灰漠。在木窗前,她望向灿烂得很是刺眼的天空。

81

夜深。

一盏孤灯吊挂在书桌上头,惠子望着桌上妆镜里的自己,愈来愈感到无端的惶惑。她沉思着,忧心着,挂虑着……心中牵系着不知身在何处的阿贤。

这已经不是头一回了,她习惯性地拾起梳妆盒里的眉笔,试着在妆镜上写起信来。她心想,这应该是避开特务搜查的理想办法。因为,每一回,在睡觉之前,她也都会习惯性地到厨房里,取来一碗水,而后,以沾水的抹布将镜面擦拭得干干净净。

这一封封书信,写在妆镜上,等于是写给自己。然而,对于竟日装疯的惠子而言,这些书信中的只字片言都蕴藏着无尽的怀想,自然是纾解她抑郁心境的一种途径。

这夜,她在光滑洁亮的镜面上写着:

阿贤，这已经是我在镜面上给你写的第五十封信了！
我很想知道你到底在哪里？

流亡的岁月中，你可一切都安好？

　　　　　　　　　　　　　想念你的惠子亲笔
　　　　　　　　　　　　　一九五二年　夏

82

清早，装扮得素素净净的惠子，手里拎着一只简便的包袱，朝多桑诊所的方向走去。在经过王太太家门时，便一眼瞧见王太太隔着篱笆和她边打招呼，边摇着头，像是说："唉！猾啊，愈来愈猾啰！又要去守丧了！"

过午，惠子从屋外回来，刚探进了门，便发现玄关的阶梯上留有两只尘埃深重的鞋印，心里头一阵慌乱，碎花花的午阳穿过薄薄的树荫，恰好适时地照落在她单薄的肩膀上。于是，她赶忙地踏上玄关，想尽快了解个究竟。这时，她望见区长跷起二郎腿，坐在昔日阿贤经常泡茶闲聊的茶几旁，手里还叼着一支烟。

惠子突然地出现，自然引来区长心虚，他一屁股从茶几旁站起身来，手上烟支的灰烬飘然掉落到榻榻米席铺上。这一刻，惠子立即下意识地换上一张痴傻而漠然的脸孔。

"喔——阿贤嫂，你回来了……"区长尴尬地赔着笑脸。隔顷，笑脸变得有些诡诈起来，他扬起右手，像是要介绍他人，说："嗯！今天我们来……主要是……"

惠子听到"我们"两个字时，原本以为是区长和王太太一起来的。但，她眼睛轻轻一瞟，竟发现是一个壮硕的男人背影，立身在昔时阿贤写作的书桌前。她心头一块铅重般的石头，此时直往下沉落……猛地，她突然间忆起了昨夜在妆镜上用眉笔写信时，因为夜深人累了，竟忘了将字迹拭去。"一清早忙着出门，竟没来得及在镜子前瞧瞧自己……"惠子心里嘀咕着，正悔恨有加时，背着手立在妆镜前的背影，已经缓缓地转过身来。

"这位是保安司令部的李上校，"区长引介着，"他有重要事情要转告你。"

转过身来的李上校，鹰钩鼻，眯起双眼时，一张瘦削的脸显得格外阴狠。"简太太，没想到，疯了的你，竟然还会写这般工整的书信。"李上校一口浓重的乡音，说得惠子晕眩连连，"更没想到，监视了你这么多年，竟没能发现你天天在家里和我们要缉捕的间谍通信。"

83

屋舍里,此刻只剩李上校脚底下那双厚重的军靴,踩在洁净的榻榻米席铺上,发出叽叽喳喳的木板响声。

沉默中,惠子感觉胸口仿佛压着一块烫烧的铁板。

"你的丈夫已经落网了,"军靴踩在惠子日日勤于擦拭的榻榻米席铺上,李上校冷然啐了一口,"逃亡三年的戏……落幕了。"

听到"戏……落幕了"这句话时,惠子拎在手里的皮包"啪"的一声掉落在玄关的木阶下。她整个人就此晕眩了过去。

84

惠子从晕眩中醒过来,发现自己躺在昔时阿贤卧病的床榻上。她半昏半醒,断断续续地听闻耳边传来沉重而混浊的谈话声。

先是区长大惑不解地咕哝着,像是在说惠子竟然就这么扮了三年的疯妇,没有被任何人察觉;而后,王太太一向尖拔的嗓音,抢过话来,很激动地谈着,意思大抵是像这样惹上麻烦的家庭，没事谁敢来走动哩！

王太太说着，说着……无意间，竟瞧见惠子在卧席上醒来。她这才有些尴尬地说，"喔——惠子，醒过来啰！"

惠子醒过来，坐起身子，冷漠的眼神搁置在妆镜上。李上校在一旁"哼"的一声，刻意放开嗓门："若不是已经逮到简阿贤，才发现她装疯，早就连她一起送保密局了！"

惠子懊悔地想着，为何事情变得这般难堪呢！阿贤流亡了三年，终于被捕入狱；而她呢？竟然忘了擦拭镜面上的字迹。怎么会是这般结局呢！她正出神地纳闷着……竟发觉整个屋舍里的榻榻米床板像地震般晃动起来。"走吧！"李上校浊重而粗暴的声音，嗡嗡然响过惠子耳际……随后，即是沉重的军靴踩踏玄关时，发出来的叽喳响声。

临近庭门，脚步声又停歇了半晌……惠子依稀坐在卧席上，只感觉稍稍地怪异，并无意特别去理会。没想到，却听见李上校揣着音嗓说："还有那个姓宋的导演，人溜得快，据说早在三年前，便潜逃到大陆了！"

85

听闻宋导潜离岛内转赴大陆的事情，竟是出自上校的口中，惠子深深地被一股忧忡的氛围所包围着。

她不禁想，这么一来，剧团能在来日重新再被整合起来吗？会有那么一天，阿贤能从牢里出来，再和宋导一起合作编导像《壁》这样的一出戏吗？

她掩面垂首，兀自将思绪埋进一片黑暗中。

86

这个夜里，惠子终于决定将藏在家中天花板上的留声机，给搬出来。几经擦拭后，她双手吃力地捧着唱盘出门，唤了部三轮车，一路朝多桑的诊所前去。

在诊所里，她细致地抹拭着多桑昔时听诊时常用的那张古铜色泽的书桌。而后，将留声机放置在桌面上……似在等候着多桑随时会从诊所的门前出现时，她才要将伊最欣赏的《新世界交响曲》给翻出来，置于唱盘上。

没多久，小李和明洁敲了门进来，见着惠子，双双激动得红了眼眶。倒是惠子站在书桌旁，默默地端详了他们两人许久，一语不发，也不见异于寻常的情绪。"还好吗？这么久不见了，还好吧！"惠子好似除了关切地问候之外，当真已不愿或不想再陷溺进任何感伤的情绪里。

惠子复又忙碌地整理起身边琐碎的事物来，想借此免于陷溺在怀伤的情境中。小李对视着明洁，彼此默然无语……顷刻之后,小李才很勉强地说:"惠子姐,多年不见……不知如何说起才好……"

小李话没说到尽头,结巴了起来。一旁的明洁竟失声号啕出来……"我们都不敢来看你……"她泣声说,"生怕被牵连了。"

哭得抽搐连连的明洁,一跨步,冲出门外去。惠子还是冷静地站在那儿,这一回,她似有些哽咽地垂下头去,却像是想起了什么事情,蹲身在书柜的抽屉里东翻西找,终于翻出一张沉重的唱片来。"多桑就要从待了五年的牢里回来了,大家不要哭丧着脸。"惠子咽下了哽在喉头上的泪水,装作若无其事地说,"瞧!这是他最喜欢的《新世界交响曲》哩!"

诊所的空气中弥漫着一股既兴奋且悲哀的氛围。等待的时间在一分一秒地逝去,惠子变得有些忐忑不安起来,小李和明洁也一样:既希望立刻见着许医师出现眼前,却又担忧见面时,会不会陷入一种无言以对的窘境中。

"毕竟,经过这些年的折腾,破灭已经变成宿命了!"惠子脑海中胡乱想着。突然间,却听闻身后传来明洁低泣的声音,说着:"许医师……"

惠子转过身来,一声"多桑!"泪水已如泉涌般夺眶而出。

许医师深深地拥着惠子,沉默经久,霜白的鬓发覆在他愈发显得清癯而消瘦的脸上。

这个夜里,小李、明洁陪伴着许医师听了一整夜的《新世界交响曲》。直到子夜后,当他们起身告别时,惠子才和他们相约隔日一起在家用晚餐,好为深受牢灾之苦的父亲洗尘。

87

老伍也来了。

晚餐时分,小李和明洁忙着帮惠子从厨房里端出一盘盘热乎乎的饭菜。

没想,多年不见,老伍和许医师却一时不知该如何拉开话匣子。

惠子招呼着大家坐下来,用餐。她的脸上抹上一层多年未曾见过的笑容。

老伍见许医师沉默着,于是先动了筷子帮着夹起一块猪脚。"给你去去霉气……"他说。许医师啃了一口猪脚,感谢大家来用餐。他抬头打量了屋舍内的情景,想说些什么话,又左思右量了一番,还是没说出口来。"改变很大了!是不是,多桑!"惠子好似明白父亲的心境,只这么淡淡地沉吟着。

下一刻,父亲问起家里的钢琴是不是给搜去了。惠子晓得热爱音乐的伊,一定会很痛心于钢琴的事情,点点头,复陷入一种悲凉的冥思中。老伍这时终于忍不住心里头的哀戚,一手扶着额头,谈起特务们来搜过惠子家门后,接着便前去他家,翻箱倒柜,说是有"通共"的文件在他屋子里。后来,他被带到保密局里侦讯了几天几夜,硬是给他扣上一个"以演剧密谋颠覆社会"的罪名,在牢里关了大半年。后来,还是娘家送了金条到保密局里,才将他一条命给赎了回来。

"辛苦你了,老伍!"许医师叹了口气,从餐桌前的座椅立起身来,"……没想到为了演出戏,竟然连累了这么多人。"

"阿贤呢?他在牢里可还好吗?"小李听闻许医师谈起演戏的事,即刻联想起阿贤来。

关于阿贤在牢里的情形,坦白说,大家都有意去回避这个敏感的话题。现在,既然小李不经意地询问了,许医师也感觉或许这正是将他在牢里的遭遇说出来的时候了。至少,惠子不知已有几次欲言又止地提及过关于阿贤的事来。

"犹记得阿贤被送进牢房的那一天,是一个清冷的早晨……"许医师回忆着,"同房的难友,除了我之外,还有几位是他的旧识,见了面,都很惊讶地为他担心起来……"

许医师沉思了半晌,继续提及在同一间号子里,除了他已有四年没见过阿贤之外,几个同房的农民难友们,也先他几个月被送了进来。"包括我在内,同房的难友都和他的案子有关……"许医师望着垂头噤默的惠子,很想说些安慰的话,却又难以抑制涌在心头的冲动,"于是,他便开始替我们忧心起来。"

"你是说……阿贤兄,伊……"小李接着话说。

"对!他要我们都将刑责推给他,由他一个人去扛。"许医师激动地抽搐了起来。

"那——他——受苦了吗?"望着激动得语带泣声的父亲,惠子终于熬不住经久沉默。

屋舍里感染着铅一般沉重的气息。惠子闭上双眼,学着让自己哀戚的情绪沉淀到内心的底层。啜泣声却不断地从明洁青春的生命里涌动出来。

老伍红了眼眶,从裤袋里取出一包揉得皱巴巴的香烟,燃起星火,起身缓步移向明洁,双手沉沉地抚着明洁的肩。"阿贤兄是个人格者……"他哽着低抑的嗓门说,"你得相信他的选择才是。"

88

惠子:

被移送到军法处来,已经有半年时间,这是我写给你的第一封信。我这里一切安好,请勿挂虑。只是,想到这四年来,你在见不到我的踪影时的苦劳和烦闷,实感歉疚万分!

初春的夜里,窗外的庭院间,扶疏轻摇的叶影渗着几许寒凉。惠子在终于收到阿贤从军法处寄出来的头一封信后,心境反倒变得异常的平静。"说是他一切都很好,别担心……"惠子望着鼻梁上架起老花眼镜、详然读信的父亲,沉沉地说,"信里头还提到了你……"

"喔!"许医师沉思地颔首,继续凝神阅读起手上的书信:

多桑回到家后,一切都顺顺利利吧!很抱歉让他因我的关系,受了半年的牢灾。现在事情总算有个了结。我来了之后,很多无辜的人都先后回家去了!

下周开始,你可以寄些日常用品来。平时请多给我写信,并利用空闲时间多多学习中文。

伸出我热情的握手,祝你奋斗。

阿贤 上

榻榻米席铺上,一盏暖黄黄的灯光底下,蒸着腾腾烟雾的茶壶,让人感到某种温慰的气息,犹在世间孤寂的角落漫散着。"阿贤在牢里,很照顾同牢房的难友。特别是那些他逃难时,在乡村掩护过他的农民们……"许医师说,"他经常教他们读书、写字。"

这一刻,仿佛多多少少感受到身在牢里的阿贤,似乎已经颇能坦然面对自己的命运,惠子渐渐地从前些时日的精神风暴边缘冷静了下来。许医师读完书信,平静地坐在榻榻米床铺上,从衣袋里翻出一捆卷成密密的细条状的字条,递到惠子身前的茶杯旁。"阿贤知道我将被释放回来的前一夜,要我将这字条缝在裤子的腰缝里,带出来给你……"许医师说,"他说,有要事相告。并要我在你平静下来后,才交给你。"

许医师解释着,由于阿贤生怕惠子在政治阴影的精神压迫下,无法妥善处理信中交代的事宜,因而一再叮嘱自己等惠子心神趋于平静时,才将密信交给她看。

惠子于是将字条给审慎地摊了开来,里头是阿贤字迹细腻的一封短信。墨迹熟悉地映在惠子的脑海中,恍若一则一则缓缓拉过银幕的字幕。信上写着:

惠子：

永远的青春是属于有理想、有热情、有工作的人们的！

我忘不了你对我的惦念、帮忙，这些回忆在我心里不时放出像百合花般的清香。

我更忘不了那些在剧场里燃起的革命火花。

藏在家中天花板上的那箱书，千万记得放把火将它烧了……别留任何痕迹。我想，这一路走到这里，回去怕很难了！请怀抱着心中永远的祝福，奋起精神来……活下去。

阿贤 笔
一九五三年元月

惠子抬起头来，望着父亲身后叶影扶疏的窗外。突然间，她很想淋漓尽致地号啕一场。然而，她却抑制住了这种念头，只感觉，强烈地感觉到胸口一阵躁郁，而后，心脏便剧烈地扑动了起来。

89

木窗外，响起"滴滴答答"的雨声。

雨水顺着檐瓦滑落下来，映着榻榻米屋舍内孤零零的一盏灯光，形成一片光影晃灿的雨帘。

惠子躺在铺着白色垫被的席铺上，出神地望着那盏愈来愈让人感到孤索的灯。

下一刻，她恍然瞧见阿贤一张犹是俊秀得略显稚气的脸孔，朝着她微笑起来。

她隐约中，好似听见阿贤在轻声呼唤着她的名字。她陷入了一桩梦境中……梦见残喘着胸息的阿贤，死命地奔跑在山间的小径里。后面是一队紧随的枪兵，急奔着，在幽径的草丛间四处寻索……

惊惶中，她正想轻唤"阿贤……"之际，山岗上，一片片白花花的芒草像是舞台上的那堵壁一般，猛地摔落下来，将她覆掩在黑暗之中……

梦醒时，惠子发现一身冷汗浸湿了她单薄的衣衫。

接下来的好几个夜里，惠子都梦见了类似的情景……这一回，她是那么逼真地梦见了自己和阿贤一起奔赴在流亡的道途中，走在流亡岁月的版图上。

90

一桩梦，发生在黄昏的山坳子里，宛若实境。

惠子发现自己和阿贤双双坐在炭窑前的一棵相思树底下，望着山脚下逐次点亮的街灯。呼啸的北风在山坳子的农舍和茶园间奔窜,山岗上,一片片白花花翻飞着的芒草,像是浪涛一般。

"灯火阑珊,不知还映照着多少受苦人消瘦的面庞哩!"阿贤沉吟着。他随后站起身来,若有所思地诵起了一首即兴创作的诗篇:

"北风你尽情地吹吧!地下人正愤怒地看着繁华的街灯。"

"……地下人?"惠子好奇地问。

"喔!地下人指的便是挣扎于社会底层的人。你瞧!"阿贤转过身去,专注着炭窑里余烬犹在的火光,"就像那炭火的余光,怒视着暗黑的窑洞。"

山岗上吹来阵阵秋日的野风。惠子跟着也站起身来,在相思树下远眺着山脚……远远地,他望见了两个身子精壮的农民,一前一后,攀着崎岖的山径走了过来。

阿贤于是举起手来,和对方打着招呼,却发现对方只顾垂着头往前攀行,显得有些丧气的模样。

走近身来,惠子这才发现后头身材矮壮的农民,一根扁担架在肩上,两个竹篓子里各装着一只肥肥的阉鸡。

"怎么啦!垂头丧气的……"阿贤挽起他灰色夹克的袖子,"还挑了两篓肥阉鸡!挑到市场去卖吗?"

"不是的……"前头那个身子比较颀长的农民,悻悻然地说,"是挑去给地主的,好让他同意我们再耕一年的田。"

后面身材矮壮的农民,这时,无奈地摇起他理着短发的头,闷闷地支吾着。他表示,前些时日地主前去庄里警告他家人,来年起,一甲地非得缴六千斤的粮,要不然就要起耕。

"为了能续耕下去,只好挑着阉鸡到城里,去央求地主。"他说。

"听说'三七五减租'已经在城里实行得很广了,不是吗?"他继续说,语气中带着很深的无奈,"为什么阮个地主还这般横行霸道哩!"

"走!去你家写状子去……"阿贤一腔闷气窝在心头,愤愤然地说,"告到城里的法院去。"

惠子发现身旁的阿贤,正抿着他薄薄的双唇,眼神中仿佛潜藏着某种说不上来的郁结。

91

　　破晓前,天光尚未亮起。从梦境中醒来的惠子,端坐在书桌前,静默地阅读着她写给阿贤的一封信。她想起了终战前后的那段岁月,阿贤经常在黎明前的这个时分,从病榻上爬起身来,伏坐书桌前写下他后来终于成功地被搬上舞台的剧作——《壁》。

　　惠子回忆着过往,更觉得写就的书信是那般真实地贴近着她挂念中的阿贤。信里,她写着:

>　　阿贤:
>　　昨夜在梦里与你重逢,一切就像真实发生过的情形。

我们一起走过崎岖的山路,一起谈论着地下人的生活处境。这一切,当真就是你离家后,在流亡道途中的遭遇吗?

92

约莫有那么半年的时间吧,每个周末的上午,惠子都会到保安司令部的门口徘徊,央求进进出出的特务人员,代为寻找一位名叫简阿贤的受刑人。然而,从没有任何人正面答复过她的恳求。

她每一回沮丧地走回家的道路上时,也总会望见稀稀落落的人群,围在司令部旁的围墙前,望着贴在墙上的名单。只是她从来不敢探过头去瞧一眼。"不会的……阿贤的名字绝对不会出现在那被枪决者的名单上。"她总是这么垂首低喃着,自顾自地走过那面灰暗暗的高墙。

93

说来,也真是匪夷所思,每回惠子从保安司令部怅然地回到家中后,夜里总会反复地做着她与阿贤共赴流亡道途的梦,梦境如真,令她自己都难以置信。好几回,从梦中盗着冷汗醒来,她总是恍然若有所失。特别是当她发现躺在帐子里的,除了自己之外,便是昔时夜眠中阿贤常爱枕着的茶叶枕头时,她感觉自己仿若沉陷到海的底层,在沉寂中兀自溺毙着。

"生命中总有一些超乎现实所能解释的事情吧!"有时,梦境过后,惠子一个人呆坐在玄关的木阶上,又会这般自我圆说起来……

"又或许因为我也有颗流亡的心灵吧!"惠子甚至开始为自己的梦扮起诠释者的角色,"而我当真在梦里与阿贤重逢了。"

就这样,意识到自己已经愈来愈神经质的惠子,竟然日日夜夜都耽溺于那一场场断断续续的梦里,甚至期待着梦的结局是发生于她现在安然躺卧着的席铺上。然而,这样美好的梦,终究未曾如预期降临。

惠子依旧做着流亡的梦,而且前后还仿佛有连续关系可循。

这个微雨的清晨,惠子仔细地回想着昨夜的那桩梦境。映现在脑海中的记忆,历历如绘,恍然便是前回梦境的接续。惠子回想着,那梦的情景发生在一处朽旧的四合院厅堂里。"如果,能劝说更多的佃户写状子告到城里的法院。"阿贤扶着手上的纸和笔,端坐在厅堂的神案前,神色凝然地说,"地主就不敢那么霸道,说起耕便起耕了!"

陈列着祖宗牌位的神龛上,烛火摇曳,映照着佃家几个兄弟的侧颜。"会不会惹来什么麻烦啊!"弟兄里年岁较长的一位,担心地问着。

"我在想,如果大家都不吭声,麻烦会愈来愈多。"阿贤忧忡地答道。

就在一屋子的男人都陷入苦索的状态中时,一开始便肃穆地坐在厅堂一旁的老太,突然间费尽气力般地长叹了一声。而后,拄着她扶在手中的杖子,吃力地从旧藤椅上立起来。佴家兄弟们见老母亲撑起身子来,纷纷将关切的眼神投向同一个焦点。"写吧!总该到穷人透透气的时候了!"老太说着,脸上抹过一层异常笃定的神采。

几个原本拿不定主意的佴家弟兄们,于是顺着老母亲的意思,纷纷点着头……阿贤于是落笔写起一行又一行的状子来。

惠子回想着,在梦中,阿贤落笔写完状子,抬起头来时,皎洁的月光恰好映在他已然有些泛着银白光泽的发鬓上。"惠子,生活的希望是属于那些为理想而工作的人的……"梦中,惠子记得阿贤这么对她说。

94

这个清晨,惠子照旧坐在玄关的木阶上,出神地望着黎明时微微泛亮的前院,胡乱地想着梦中的情景。起先,她还一如往昔地回顾着那些似幻却真的场景,心里头不免感到一丝丝温慰。后来,也不知怎的,她突然感到心慌起来,细细一想,她回想起几天前的一次午饭后,她不知不觉地竟在阿贤写作时常坐着的旧藤椅上呼呼地睡着了!就在那回午寐时,她曾在一桩片刻消逝的梦境中,望见一个熟悉的背影,沿着山坡的小径缓缓攀行,愈走愈远。当她发现那熟悉的背影应该就是阿贤时,背影已经消失在幽暗的草径中。她想呼唤却已湿着一身冷汗,醒了过来。

这突然闪过脑海中的梦境,让惠子深深地不安起来,感觉好似有什么凶兆正发生在阿贤身上……也就在这个晓光如寻常冬日般微微泛亮的清晨,关着阿贤和其他几个难友的押房里,蔓延着一股死寂的气息。

95

破晓前的天光,从押房高高的窄窗黯淡地穿透进来,映着阿贤一张瘦削而略显枯槁的侧颜。他沉沉地咳着,将身上一件雪白的衬衫从肩头上脱下来,审慎地叠好。而后,从一只破旧的皮箱里取出一方角落里浸着风干血渍的方帕,工整地铺盖在叠好的衬衫上,双手恭敬地捧到身旁的一位难友前。"老郭,这衣服和手帕是留给惠子的遗物……要她多保重!"阿贤神态从容地望着垂首默默落泪的难友,"我走了,你们也要多保重。"

一夜未眠的阿贤，脸上没有倦容，却微笑着环顾周遭的难友，起身一一与对方道别。"阿贤，可有什么话要转告惠子的呢！"老郭仰起他清癯的面庞，关切地问着，隔顷，竟自失声地号啕了起来。

"请不要悲伤……老郭。"阿贤抚了抚他腮帮子上凌乱长出来的短髭，从容自若地说，"请转告惠子，将我的骨灰撒在菜园子里，就当作是蔬菜的肥料吧！"

老郭站起身来，脸颊上的泪水默默淌流而下……押房的铁门缓缓地开启，发出"嘎嘎"的摩擦声。两名荷枪的狱卒跨过低低的门槛，走进来。阿贤冷然地望望狱卒铁青的脸，而后，转身和难友们深深地行一鞠躬……接着，从容地走出了牢房。

牢窗外，这时破晓的晨光微微亮起。阿贤在枪兵的押解下，拖着脚踝上沉重的铁链，缓步行走在映着幽曦的回廊上……

难友们隔着铁栅栏，仿佛都听见了死神致命的点召声，悲默无语。片刻间，老郭低声哼起《安息歌》，押房里立即被一阵又一阵低沉的唱诵声所覆掩。

> **安息吧！死难的同志，**
> **别再为祖国担忧。**
> **你流的血照亮着路，**
> **我们继续向前走！**

歌声随着逐渐消失于长廊尽头的背影，愈来愈远……直到低沉的曙空响起回荡的枪声——"砰——砰——砰",押房里归于一片漫长无语的哀伤。老郭昂起头来,从晨光微亮的窗口望出去,几只惊惶的飞鸟,扑动起慌乱的羽翅,朝着远空疾飞而去。

96

风,穿越暗夜孤索的街道,扫起路旁的片片枯叶。惠子薄弱的身影出现在诊所的门廊前,她急促慌乱地敲着门板上的雾窗。

许医师从睡梦中惊醒过来,匆忙披上外衣,拖着脚板上的木屐奔往前厅,在一阵错愕中打开了门。突然间,一阵夜风从街的尽头呼地刮了过来,惠子神情灰漠地望着身前的父亲,强忍着盈眶的泪水,手中拎着一纸公文函件。"军法处来了公文。阿贤,他……"惠子闭上她悲默的双眼,垂首抽泣着。许医师轻轻拥着惠子单薄的肩膀,步入诊所,任由夜风灌进漆得雪白的诊所里。"多桑……"惠子剧烈地啜泣了起来,"他们将阿贤枪决了!"

许医师紧紧地拥着号啕起来的惠子,默然。

97

午后的阴霾低沉沉地压着天空。

野风依旧吹在杂草丛生的跑马场上,揭起漫天的尘土。微微峭起的一片沙丘上,堆积着杂乱躺成一团的尸身。

哀号声在风中嘶吼着,寻觅尸身的家属,手中扶着燃起星星火红的香柱,踏着纷乱的脚踪,在旷野里,任由悲凄的气息蔓延开来。

惠子身着一袭黑色衣裤,跪在杂草蔓生的沙地上。她两眼直愣愣地望着临时请来的葬仪社工人,将胸口窝着一摊血渍的阿贤,搬上一辆板车……冥纸在飞雾般的熏烟中,四处飘散。

许医师领着工人,将板车吃力地推离沙地,攀上斜斜倾浮起的一方草坡。"惠子……惠子,我们回去了!"他回过头来,唤着跪在沙地上动也不动的惠子。

惠子在悲伤中哭干了泪水。起风的跑马场,尘沙飞扬。她从随身携带的皮包中,审慎地掏出一方折得整然而焕新的手帕。她摊开手帕,平放在沙地上,任其随野风扬去。

手帕飘飘荡荡地,从沙地越过草坡,又从草坡攀上更加高陡的坡地……瞬间,从一列枪兵的军靴旁穿飞而去,扬上阴沉沉的低空。

"阿贤,还咯血吗?"惠子兀自喃喃地念着,"别忘了,擦干嘴角的血丝。"

她望着风中飘荡的手帕掉落在马场町边缘的一垛围墙上。

她定睛一望……竟然……连她自己都不敢相信,竟然望见阿贤身上穿着一件汗衫,胸口上窝着和躺在沙地上的尸身一模一样的血渍,坐在墙垛上,对她轻轻地微笑起来。

"是……阿贤吗?"惠子喃喃低唤,差些嘶喊出来。

98

惠子奔过马场町肃杀气息凝重的烟尘,奋力地攀上墙垛,却发现阿贤的身影飘向前,消失在诡奇地映现眼前的一幢农舍中。

惠子越过墙垛,往前急奔,朝着农舍的方向扑身而去,而后,又发现自己驻足在一处山坡上。脚下,是一片辽阔的田野……清晨时分,翠绿的秧苗在微风中缓缓偃动。

她回首,已经瞧不见马场町的踪影了。

突然间,围绕着农舍四合院的石子路上,响起轰隆震耳的车声。下一刻,她远远地便望见数部大型的军用卡车,悄悄地驶近四合院周旁,停熄了引擎,军车上跃下数十名枪兵,在前的一名军官,挥着手势,指引枪兵往前,数十双军靴踩踏过晓光中的水田,激起喷溅的水花。

"砰——"前导的指挥官从腰际的皮带里,取出一把手枪,朝空鸣了一发枪……"出来吧!你们已经被团团包围了。"他高声喊着,震得竹薮中的雀鸟惊翅扑飞。

而后,枪兵押着几个读书人模样的中年人,从四合院步出。"阿贤,是你吗?"压抑着嗓门,惠子轻轻低叹,"阿贤——"

恍然间,惠子好似望见阿贤昂起乱发披散额际的头颅,神色若定地望着山坡上的她。随后,远远地,几个身形硕壮的庄稼汉,在一位年岁稍长的兄长引领下,一前一后步出农舍的门槛。

一伙人,约莫有二十来位吧,就这样被枪兵押上了军用卡车。

引擎声吼吼作响,四合院静谧的清晨笼罩在阵阵突如其来的焦虑与不安底下。

尘土飞扬,军车驶过蜿蜒的村间小道……农舍里,追出一群哀号哭丧的妇孺。

军车渐行渐远,直到消失于山路的尽头。

99

惠子惊慌的眼神透露着深深的惶惑。"惠子!惠子!"她听见身后有人轻轻地低声唤着,回过头去,竟发现是多桑,正伫立在冥纸漫天飘扬的草坡上。

"该回家了!"多桑唤着,他转过身去,领着拖板车的葬仪社工人,朝马场町的出口缓缓步行而去。

"该回家了,阿贤。"惠子低喃着,跟随在板车后头,缓步前行。

戏中壁（演出剧本）

序章

道具：椅子 + 衣架 + 剧本

（以下字底画线部分，表示用日语。）

（事件：在观众进场的后半段，扮演阿贤的演员，手持一份秘密档案发给观众。）

演员：

多年以后的不知何时，会有一份被掩盖经年的档案，这样重新出土，并且告白：(以下录音)地下党人在张志忠的策划及领导下，转而开展隐蔽的地下群众运动。在台北县、桃园、龙潭、新竹县及苗栗山区，地下党人一方面整顿组织，同时，设法购买枪支，精挑人选，深入山区，展开武装行动，开拓游击基地。就在这样的武装游击策略下，在莺歌、大溪一带的乌涂窟山区，地下党人向地方上贪图钱财的军人买来枪支，组成"武工队"，建立了"乌涂窟基地"，这是地下党人在台湾地区的最初的游击根据地。当时，剧作家简国贤的名字赫然以"十三行高山区支部成员"之名义，出现在日后现形的情治单位的秘密档案中。"十三行"是乌涂窟附近的一处山区。

之后，老蔡被捕—日本投降—韩战爆发—第七舰队封锁台海—清乡—基地瓦解。

（事件：惠子登场，坐在一处角落，整理饼干盒里的照片和纸张；宋导手持《戏中壁》剧本，从另一侧登场。）

演员：（普通话）
　　为什么要去认识一个我们可以说是几乎陌生的人呢？只因为他是一个剧作家吗？剧作家又如何呢？他在好似漫漫长河的时间彼岸，留下了创作的场景、角色、情境、氛围，最重要的是一种气息，让人屏息的气息。然而，过去的时间仅仅是车窗外消逝的风景，这就足够我们回味了！还有什么必要将他的身影摆在我们面前呢？但，我想应该是他的骨骸在时间彼岸的泥土里，呼唤着我们，所以，我又走到他的身体里了！

（事件：三人都在试服装、摆妆镜和椅子，三人的反应切换到：惠子见到阿贤的魂回来时的情境。）

惠子：（普通话）
　　对我来说，这世界已经毁灭过一次了。你相信吗？

阿贤：（普通话）
　　我相信……毁灭后将重生，所以我在烧炭窑上看着山下的灯火。

惠子：（普通话）

被捕之前吗？

阿贤：（普通话）

是。我凝视着深渊，深渊也凝视着我。逃亡到客家山区时……整个山都在逃亡。

（事件：夫妻二人完成服装穿戴，静立呈准备拍照的姿势。惠子背对观众照镜子，而后转身。）

演员：（服装搭在手臂上，普通话）

即使是革命也无处不受挫败；有人以身上的鲜血献身，也有人以冷血的背叛求荣；既有理想的无缝接轨（穿上服装，变为宋导），也有人在变节、犹豫与悔恨的黑暗中，回过身来看见自己的残影……

（事件：演员穿上服装成为角色，闪光灯闪烁）

宋导：（闽南语叙事，边走向观众）

惠子昨天去医院帮阿贤拿药回来时，绕到市场想买些炖补的中药给他做汤。刚到市场口的转角，就听见有人在一根电线杆下议论纷纷……涨红了脸的一个、像是外地来的郎中，应该是喝得有些醉了吧！就在电线杆下发了疯似的逢人就说："跳了！我听说船刚出了基隆港，穿着军服的，一个个就往海里跳了……"

惠子：（客家语）

雨……落个不停啊！

惠子：（闽南语）

你听见了啊……

阿贤：（闽南语）

雨声吗？……滴滴嗒嗒响个不停……

惠子：（客家语）

不是，我是讲那火车声……（凝听）

（事件：宋导打破两人的凝视，和他们对话。这些场景都处于现实的情境中。）

宋导：

全车都是要送到码头的军人……战争啊……打不完的仗。军队说：学普通话，不上战场的。现在呢？还是送到大陆去打仗。

阿贤：（对惠子）

国共内战，时局混乱，我心里对剧团的发展也很烦恼！

惠子：（客家语）

昨天，宋导的提议，（闽南语）你怎么想呢？

阿贤：（闽南语）

唉，剧团都停了一段时间！要好好想想怎么复出，才能紧紧抓住当下民众激动不安的内心！

惠子：（客家语）

莫想按多，要照顾你的身体呀！

宋导：（闽南语）

对啦！对啦！肺结核很难治的……记得吗？日本投降前，美军轰炸本岛，我们先疏散去了乡下，后来才回到台北来。那时，你曾说：跟着阿贤从疏散的乡下回台北，赶到车站，跑着跑着……

惠子：（客家语）

胸口像着了火般灼烧起来。

宋导：（闽南语叙事）

伊心里就想……

惠子：

假使你能把有细菌的血都输给我，就由我来代替你受这个罪……

（事件：隐隐约约的空袭声——由远及近。阿贤坐在椅子上，以虚拟的姿态，在自己胸口写字；宋导熄烟；惠子把玩着披肩，一切在说话中就绪。宋导与阿贤聊了起来。这时，惠子一直在用剧本的纸，专心地折着纸飞机。）

阿贤：（闽南语）

哈哈，哪有那么残忍的爱呀！我跟你讲，这个世界正在经历一场战争，我的身体也历经了一场战争：X光片上，我的肺，像一颗光影下分叉的玉树。

宋导：（闽南语）

真是辛苦的日子！对啦！还记得吗？我们回台北那天，去找伊藤先生。

阿贤：

对啊！他和阮讲了一下午的殖民地解放的事情！

宋导：

没想到，隔天……伊藤先生就被强制遣送回国了。

惠子：

回到日本，在自己的家乡，度过被流放的人生。

阿贤：

一个马克思主义者……

宋导：（闽南语）

还记得吗？"日据"时代末期，阮在大稻埕演出《阿里山》这出戏。《兴南日报》评论："双叶会的演出，带来了很大的感动。"

阿贤：（闽南语）

真好啊！那时，阮的演剧，就好像在和日本政府玩捉迷藏。

宋导：（刻意装作一头大黑熊的模样，闽南语）

哈哈，我就是动物园被轰炸后，日本特高课派我出来抓剧团嫌疑犯的黑熊……

阿贤：（闽南语）

我是无政府主义的黑猩猩，扒了你这抓耙仔*的皮……

阿贤：

那真是一段难忘的日子。一起没日没夜地生活在剧场里……讨论剧本，抢时间排练，趁空当在浴室、厕所练唱歌和台词……

---

* 抓耙仔：闽南语，指告密者，打小报告的人。——编者注

宋导：

  <u>无政府主义式的戏剧人生！</u>

阿贤：

  我热爱这样的形容！你记得林桑从东京筑地小剧场带回的那张俄罗斯剧作家安东·契诃夫的海报吗？

（事件：惠子拿着纸飞机缓缓飞过自己眼前。而后，飞机的轰隆声渐大。）

惠子：

  《三姐妹》那出戏的海报吗？(站起，看窗外)<u>"我们的痛苦是为了什么？要能知道就好了！"</u>

（事件：惠子靠近阿贤，望着阿贤，像是要他回答她的提问。）

惠子：（客家语）

  雨……落个不停啊！

阿贤：（闽南语）

  是啊……是啊……

（事件：阿贤与惠子退场，独留宋导一人在场上。）

第一章　作戏

道具：纸飞机+古董收音机+折扇

宋导：

《壁》被禁演之后，我就跟阿贤计划着全台巡演的事情。你们大家不要以为巡演是很风光的事情！好像到了一个地方，搭起舞台，就吆喝大家来看。我们巡演可是要避开警察的。所以不论服装、演员、乐队啊，一切都要以方便为主……说起乐队……啊，乐队咧？（乐队进场）

（事件：宋导吆喝乐队登场，现场乐队与歌手黄玮杰三人各登上不同位置，视作演出的一部分，像是走过时空的乐手。歌手先唱一小段《丢丢铜仔》。宋导穿插一段讲古。）

宋导：

若是讲到《丢丢铜仔》，那是阮在"日据"时代的末期，在厚生演剧社演出张文环的《阉鸡》时，冒着日本警察的禁令，在舞台上吐一口气，给唱出来的宜兰小调啦……"不许唱就不唱"（日语与闽南语，复述），有什么大不了！总有一天，我们必定会开怀恣意地唱！阮一直记得，演剧在那当时，是一粒不死的麦子，落到阮关心的土地上……

（事件：乐队再唱《丢丢铜仔》后半段时，阿贤听着歌声进场。）

宋导：（拿着一张《壁》的演出海报）

来！来！来！来看阮圣峰演剧团推出的年度公演：《壁》。

阿贤：（掌声）

宋导：

别顾着鼓掌，海报嘛，是要贴出来呀！

阿贤：

排练也要贴海报呀？

宋导：

贴出来……未演先轰动啊！

（事件：现场乐队与歌手唱《丢丢铜仔》。惠子去衣架取披肩，在场上把玩着肩上的披肩，像是在练习着《海燕》的一些舞步。以下由宋导和阿贤对话，闽南语为主。）

宋导：（闽南语）

继续这样下去，我们连何时再看到戏棚脚，恐怕都遥遥无期了!

阿贤:

你的广播剧有在继续进行吧?

宋导:

有啊!你跟我说好的,有绝对好料的广播剧剧本哩!(比出刀锋状)要锋利一些……但是,怎么切进去,才是重点……

阿贤:

不愧是广播剧全岛最出名、最出头天的无非宋……哈哈!

宋导:(学广播剧)

廖添丁,这时伊还在想——如何将这一包包的军粮,偷天换日地送到河岸旁,给那些失了头路、饿肚子的乞丐帮的劳动兄弟啊?

阿贤:

这出合我的胃口!

宋导:

那当然的啦!讲起来,要找到像你我一样思想、行动都相同的编剧和导演,还真是少见呀!

阿贤：

　　最近，时常在写剧本时"碰壁"呀！（咳……连续咳）

惠子：（闽南语）

　　"碰壁"了……嗯，（普通话）你怎么都不邀我去看你们排戏了？

（以下，普通话为主。）

阿贤：

　　唉……风声紧……你待家里较好……跳得怎样了……

惠子：

　　不想说……不想对你说……

宋导：

　　是《海燕》吗？上回，他们夫妻来剧团拜访过后……你就一直在练习的舞！

宋导：

　　你跳舞……总归是要有人朗诵诗的啊！阿贤，你来朗诵吧！

阿贤：

　　好啊！好啊！

惠子:

　　算了啦!他(指阿贤)只关心自己写的剧本,不会朗诵诗啦!来,(指宋导)你来……你来朗诵……

宋导:

　　欸!(迟疑半晌)那好……

阿贤:

　　(装大方)好啊!好啊!你念……可比我有感情啦!

宋导:

　　哈哈哈!(消遣阿贤)你……好!只有这白我替你念……"假如我是一只海燕/永远也不会害怕/也不会忧愁/我爱在狂风暴雨中翱翔/剪破一个巨浪又一个巨浪"(雷石榆)。

(事件:惠子兀自走到场后边去,在场上把玩起她披在肩上的披肩,而后将披肩抛上天,顺势舞动起来。她和着披肩跳了一段自编的《海燕》后退场。)

阿贤:

　　惠子,去哪里?(出神地)剪破一个又一个巨浪的海燕……

宋导:(打断阿贤的出神)

　　啊……你呢?

阿贤:

    我……什么?

宋导:

    替我修改的广播剧剧本呀!

阿贤:

    啊!你不讲……差点忘记了!

(事件:阿贤从口袋取出一张稿纸给宋导,空气中传来"土地公漫游记"的广播剧内容。宋导以虚拟手势扭开一台老古董式的旧收音机。以下由宋导和场边的老式收音机相互搭唱,闽南语。)

(事件:与此同时,阿贤在舞台另一侧,与宋导的讲古相互对应着,形成两人比赛讲古的情境,以下皆是闽南语。)

阿贤:

    要如何开始?

(事件:舞台柱子上垂下一颗灯泡。两人在排练场比讲古。录音作为宋导说话的背景。)

宋导:

    要怎么开始?我都是这样开始的。——各位听众朋友啊,讲添丁、说添丁，添丁是说不尽的啊！说到这个廖添丁……这是"日据"时代的事情啦！现在"光复"以后，我们就要来讲讲"土地公游台湾"！

▎录音（作为背景）：

　　"光复"到担有时日
　　世事流转觉察失
　　社会实在真现实
　　唯一不变是变质

　　土地啊
　　你若挂心世间人
　　你就应该来帮忙
　　化作人形来下降
　　探查世情判轻重

阿贤：

　　过午了，戏院后台暗摸摸的仓库里，点着几盏灯火球。演员准时来排练，便看到宋导坐在灯下，一面忧愁又一面有话说不尽的模样。他像在准备我写的剧本中的某一段戏，就是《壁》里头奸商家里灯火亮起来的那段，那是他自己要登台的一段戏呀！他要大家试穿戏服，演员们在妆镜前，笑的笑、哭的哭地摆起姿势来。突然间，他朝着刚进门不久的我，问了一句话："啥才是演员的真实，我是讲，内心的真实……"我还未讲话，他就先插话了,说:"现在啊!社会上人的内心,比阮舞台上的戏还真实!按奈讲有理没……"

宋导:(就着麦克风)

土地公禁不起我的怂恿,于是带着土地婆出游。但是,土地公从北到南,走遍台湾各地的大小城镇……看到的却拢总是官员的贪污、歪哥,以及老百姓困苦度日的惨状。于是土地公每到一地就把当地官员贪污、投机的勾当,统统揭露出来,害得身边的土地婆,一路提心吊胆,劝阻土地公说……

▍录音(作为背景):

贪污歪哥大官虎

人民无食真困苦

贪官污吏实可恶

走私物资双手乌

煞来,土地忠直气袂过

就来,四界宣传兼点火

官员故事天顶飞

民众相招来解说

(事件:宋导移步换女装,并且变脸变声。)

宋导:(扮女声——土地婆)

说啊……"你自己不怕死没关系,可你不要连累我,得罪了这些有权有势的官员,可不是开玩笑的!"结果咧?!土地公看到的,都是这般景况。

(事件:宋导回到灯下的位子,换作阿贤的一段独白。)

阿贤:

结果咧!阮在场的观众朋友,宋导才讲社会的真实,社会就搬上了舞台。他演的这个奸商陈金利,在虚华的灯光下,在一张麻雀桌前,摆好了算盘和账簿,从身上的暗袋里掏出整叠的钞票,放在桌上。说着:"台湾'光复',真是人间好光景。"(作打算盘状)"恁大家知,这钱怎样来的吗?一斤二十元钱的米,抢买了八百斤,囤积起来,三个月后放进市场,白花花的银票就落在阮的米缸里了!"讲到这,阮就会想起这堵壁的另一边,那个许乞食,他看见家里的米缸,就像看到无底的深渊,逼他走上绝路啦!

宋导:（扮女声——土地婆）

说啊……"哎哟!你小小土地老番癫*,四界讲故事几落篇,你不惊死意志坚,袂将歹志一桩一桩掀。啊不过,拜托咧,毋通害我受牵连。我小小土地婆,若是得失官员乎发现,就算神仙连鞭乎人用鼎煎!"

---

* 闽南语,指一个人年纪大了,头脑有点痴呆,经常做错了事。——编者注

（事件：阿贤望向远方，显得有些失神。宋导靠近他，用折扇打了他一下，让对方想醒醒。）

宋导：（闽南语）

喂！你在失神什么？

阿贤：（闽南语）

我感觉到一场风暴就要来了！

宋导：（闽南语）

是啊！恐将连同屋瓦、家里的一切，还有人和头壳都给吹得无踪无影！

阿贤：（闽南语）

一堵"壁"，隔开两个世界！（取出剧本）

宋导：（闽南语）

就演这个——《壁》吗？

阿贤：（闽南语）

没错！就是这个《壁》。

（事件：演员区灯暗，阿贤、宋导退场，留惠子一人背对观众坐着，乐队区灯亮。）

乐队与歌手：

壁来壁去……为什么……壁来壁去……（重复）

（事件：接黄玮杰的一首《天光日》，引申期待明日之意。）

▌《天光日》新歌词

一九四六年，台湾"光复"才刚一年，在街头巷尾，就目睹到一堵壁

有钱的人囤积米粮，不知隔壁乞食一家，为活下去争一口气，差点就要头撞这壁

暗蒲头时就等着，好男好女来戏棚，好山好水做好戏

一九四七年，"二·二八"那年风声正紧时，来把《壁》这戏搬上中山堂就系恁呢

演分后生来看戏，就系恁呢，唱分老嫩大细大家共下来看清楚呢，就共下来，好男好女来戏棚，好山好水做好戏

天光日哪，偃就来啊！目珠来擘开，就看到该，好山好水留给子孙啊

天光日哪，偃就来啊！目珠来擘开，就看到该，好男好女喔就是各位啊

（事件：乐队与歌手边唱边指向观众。）

第二章 壁

惠子角色介绍

道具: 妆镜、椅子、火灶、饼干盒、旧书、照片、手写剧本封面《壁》、包袱、三只旧型手电筒

(事件:空气中响起两人在学普通话时唱的歌(录音)——《台湾光复歌》,一人在教另一人不标准的卷舌的声音……两人的歌声中,有一股欢欣和喜悦。)

歌声: (两人相互)
　　张灯结彩/喜洋洋,胜利/歌儿大家唱,
　　唱遍城市和/村庄,台湾"光复"/不能忘。
　　不能忘/常思量/不能忘/常思量。

(事件:惠子登场,她仿佛处于一场梦境中,孤单一人。)

惠子:
　　他们来过了……又来搜查了吗?

(事件:惠子在妆镜前,凝视自己变得有些陌生的容颜,不断揉搓自己身体。类似夜晚的脚步声,不断袭来。她在逃躲,而后……终至,显得沉默而颓危的身体,在一面立镜前,停下。)

(事件:惠子脱鞋,轻轻踏上一席榻榻米。她以虚拟的动作在擦榻榻米。同时,她发现屋里漏进了雨滴,她边以双手接着雨滴,边独白。)

惠子:(回溯场景)

他说,那天下午和毕老师去见上海来的新中国剧社的欧阳予倩导演……我问他为什么一晚没回来?他说晚上戏排得晚了,在剧团里……躺下……就睡着了。我问他为什么跟毕老师合撑一把伞?他问我为什么跟踪他们?我就说,我搭公共汽车去买给他补衣服的纽扣啊。"你这样很不好、很危险,现在外头的风声很紧。"我就赌气地叫他以后东西都自己去买……那天下午天空下着雨,她撑着伞,一身旗袍,北方女子的身材,好看极了……(普通话)还好吗?说了普通话吧?(客家语)你的背影和她走在一起,很相配呀……

(事件:阿贤直接出场,走近那堵壁,开始演《壁》里的许乞食。他靠在那堵壁上,用脊背往后力顶着壁。)

阿贤:

许乞食啊!许乞食!(模拟现场)听到隔壁浮华喧嚣的声

音,愤慨地站起,走近舞台当中的壁……

(事件:阿贤在壁上写字,一个一个剧本中的字;宋导戴着帽子出场,转身变作压迫者,不必表明其军警或特务身份,他靠近壁,将一个个字用虚拟的动作给扫落满地。阿贤去捡他的字,捡到压迫者的脚跟,两人对视,压迫者突然掐住阿贤脖子,一步一步将他按倒在地上,使他窒息。)

(事件:阿贤从地上站起来后,客观表述这席话。)

阿贤:(模拟剧中的一段)

壁呀!壁,在你这堵壁那边,是堆积着和房子一样高的米的奸商……也是你这一堵壁的这一边,是一个遇不到白饭的劳工,还有呢?是饿得站不起来的老母。只有这堵壁的隔阂,情形却是这样的不同。今天在《壁》这出戏的末尾,阮戏中的主角,要对自己的命运,做出一些什么回应咧……

(事件:阿贤变作许乞食;惠子变作老母亲;特务变作奸商。)

▎说唱(或录音):(作为背景音乐)

一堵壁隔开两面
有钱无钱伫两边
一边有钱吃山珍

一边无钱若荫身

一切因为一堵壁
壁来壁去无处避
其实总是一条命
壁来壁去安怎拆

（事件：一片沉寂。宋导从戏中转醒，和阿贤做碰壁的哑剧动作。惠子在慌乱中，四处遇"壁"。这里要表现出两种要素：空洞与压缩，并没有具体的"壁"存在。）

（事件：以下，运用演员的身体表现，铺演《壁》戏中的最后一段。其中，阿贤扮许乞食，宋导扮陈金利，惠子扮老母亲。三个演员都在观众面前，展现角色变身的过程。）

（事件：许乞食在母亲背后以虚拟的碗，下虚拟的药粉，给母亲喝下一碗补汤；母亲发现不对劲，逐渐弯腰屈膝倒地。整个过程，表现得比日常的速度慢。许乞食在一旁凝视母亲死亡的残酷，跪地掩面，但禁制着自身濒临崩溃的情绪。）

许乞食：

阿母，来吃饭啊！

母： 我的肚子——肚子——（倒地）

许：（抱起母亲）

原谅我吧！阿母！除了这样，再没有其他比较好的办法了。

（事件：母气绝，许乞食把死骸安置妥当。他站着，恍茫了些时候，最后，靠近桌子坐下，把饭端起来，自己吃下。这时，陈金利的房子也明亮起来，奏着华尔兹的音乐，他婆娑起舞，刻意滑稽而庸俗地做着动作，其间还夹杂着猜拳的动作。舞台上形成了两个世界的对比。）

许：（听到隔壁浮幻喧嚣的声音，愤然站起）

唔！壁呀壁！为什么这堵壁不能打破呢？唔！壁呀壁！（悲喊）

（事件：许乞食倒地。灯转暗。）

（事件：惠子安静地走到榻榻米席上。她有些神经质地处理着手边的一些事情，一边述说起《壁》演出的事情来！）

（现场即兴演奏，营造出不安的气息。）

惠子：（叙事）

他说，要出门。我只是说，稍稍等晚一些，因为街头巷尾都有一股不安的气氛。没想到，他就大声说起话来了。

阿贤：（急躁）

明天中山堂就要公演了！宋导等我去最后定本，我要出门了！

惠子：

好吧！我不挡你……去吧！自己注意安全……

（事件：惠子、宋导与阿贤形成叙事的状态，像是边看着中山堂演出《壁》的状况而叙述起来。）

（事件：三人都走到较高处，像是从中山堂二楼窗户往下看。而后，三人都缓缓举起一把虚拟的伞。最后，宋导、阿贤举着伞离场。）

惠子：

没想到演出前，天空突然乌云密布。接着……就下起了一场暴雨！

宋导：（对阿贤）

你说得准，果然是一场风暴！

阿贤：

戏里戏外都是风暴！

惠子：

中山堂外……人山人海……观众都撑着雨伞排队，等待开场……而我怎么觉得这个世界上只剩孤单、不安的我一个人了呢!

(事件:宋导离去,独留惠子一人在场上。她去取来一个饼干盒,里面有旧书和照片,并取出一张包袱布,将照片剧本放进包袱中……)

惠子:
　　那天……趁着天有些冷,我把门窗都紧闭起来……

(现场音乐淡出。)

(事件:装扮成卖笔商人的阿贤,提着一个手提式皮箱进来。惠子开始撕旧书上的一张张纸以及照片,放进火灶打算点火燃毁。两人在风声鹤唳下轻声细语,生怕外人听到。惠子欲抢阿贤手上的皮箱……)

(事件:惠子在一侧烧旧书和照片,而后回到榻榻米,将书和照片放在榻榻米上;铁桶在地上另一侧。通过拖鞋、穿鞋来表达她心中的紧张,也是张力。夫妻俩的对话须保持低声沙哑进行。)

阿贤:
　　若是有人问起,就说我出门卖笔……不必担心……

惠子：

怎么可能不担心!……读书会时的文件？在……(指皮箱)

阿贤：

什么？

惠子：

还问什么？你在读书会上发表的那篇文稿啊！

阿贤：

那不能烧……

惠子：

不能烧？

阿贤：

要留作报告……毕老师出事了！

惠子：

毕老师……她……

阿贤：

嗯……她被捕了(将皮箱安静地归还对方)。

(事件:惠子走过去……将皮箱放在阿贤面前……阿贤看着皮箱,惠子静默地流下泪……阿贤紧紧抱住惠子……)

阿贤:

相信……我……和我们……(惠子捂住阿贤的嘴)

(事件:先是有雨声,而后有像是脚步声的声音响起。这让阿贤紧张起来,以为特务上门而想离去,未来得及动身,声音转为水龙头滴水声,两人放松下来。惠子给阿贤皮箱,阿贤提着皮箱正打算逃出正门。突然间,有第一声敲门声……又有第二声……接着四面八方都是敲门声,他躲进衣架间。)

(事件:突而,声音有异……仅隐隐的……惠子示意阿贤从后门脱身……但来不及,他只能躲在妆镜后……他去收地上的一个包袱,快速藏到观众席的一个座椅下面。紧急的敲门声……在空气中,全然静止……很久的静默……惠子去妆镜前扯乱头发,装疯……回过身来……"砰"的一声巨响的踢门声。惠子抵拒场上的声音。最后,穿插一段《海燕》之舞。)

特务:(声音)

人呢?他人呢?我们来带人啦!不说?不说……连你一起带走!

惠子：（客家语）

神经……麻啥嘿神经……你才是神经……

特务：（声音）

说吧！我们都知道了！你们的毕老师已经被捕了……下礼拜，去马场町帮她收尸吧！我们还从她的房间搜出发报器……一些和你先生的书信，藏在她房间的私密处……你先生常去她房间……有时过夜……你不想知道他们的……关系吗？

惠子：（客家语）

神经……麻啥嘿神经……你才是神经……

特务：（声音）

好……等着……我们会再来的……直到逮到他为止……

（事件：巨大的关门声。惠子瘫倒在现场。阿贤出来扶起惠子，互相凝视对方。惠子点头，阿贤匆忙离去……）

第三章　北风—逃亡

道具： 生火柴薪＋堆砖如灶

（以下用普通话与客家语。）

玮杰与乐队：

　　一九五〇年六月,风声日紧下,剧作家步上了流亡的道路,转往苗栗、苑里一带的客家山区。流亡之途先在大安溪中、上游,理由在于其地理位置便于掩护,既有曲折的溪脉,也有绵密的山林。同时,也有烧炭的工作可做。(客家语)就这样,流亡者,在今三义乡鲤鱼潭的酸柑湖一带,从事烧炭和割香茅的劳动。据说,这段时日,剧作家克服了扁平足的先天困难,努力跟上其他流亡者的步伐。(客家语)也就是在这烧炭的劳动中,有一夜,他竟而忍不住赞叹起火光来。这火光和他内心中对于革命的想象,必然产生着某种难以言语的关联吧!

（事件：以上这段玮杰与乐队的独白中，惠子坐在榻榻米上，将包袱整理好，找到一个可以藏起来的角落。而后，侧对观众坐回榻榻米，像是在取酒瓶，她倒了一杯米酒，喝下。灯光在她身上暗下去。阿贤戴斗笠、宋导戴帽子，在观众面前变装为流亡者……

他们去捡拾备好的柴薪,在堆砖如灶的角落烧起一盆火,围着火堆对话。)

(现场即兴演奏,渲染出流亡的气息。)

宋导:(闽南语)

你流亡到大安溪畔,遇上那农民时,是怎么说的,还记得吗?

阿贤:(闽南语)

一棵树,在山上,就只是一棵树……被砍下后,经过木工的劳作,就成了家具,这就是劳动的价值,我这样讲的……

宋导:(闽南语)

听说你还替他们处理"三七五减租"的代志!

阿贤:(闽南语)

是啊!告地主,讨公平,雨若下完就见天光了!

宋导:(闽南语)

后来呢?

阿贤:(闽南语)

他就收留我住在他家后山,一个避空袭的山洞啊!

（事件：远方传来客家山歌。）

宋导：（闽南语）

什么声音？

阿贤：

脚步声啊！客家农民的脚步声啊……

（事件：现场乐队与歌手唱《这里就是罗陀斯》。阿贤与宋导从现场各拾起一只手电筒，互相照射，并照射观众。他们既是逃亡者，也是追踪者，在空间中移动。最后，阿贤将手电筒给宋导，相互道别后离开。）

▍（歌词）这里就是罗陀斯

这里就是罗陀斯
请在土地上，寻找失落的线索
作为未来记忆的罗陀斯

这里是荒郊，这里是野外
这里埋有着共同的魂
在这新人类的宣言
始终未宣告诞生的日子里
你说：在革命的旌旗下
曾经倒下的敌人，好似在土里

吸取更多击垮我们的力量

所以，这里就是罗陀斯，在这里跳吧

所以，这里就有玫瑰花，在这里舞吧

集结的脸孔，穿越记忆屏幕

从这个山头朝向那个山头

像野草般聚集，朝繁华的地面

发出地下人最后的呐喊

（事件：三人脱去斗笠、帽子，回到自己的角色。）

来吧！你必须从这里出发

因为，这里就是罗陀斯

因为，这里就有玫瑰花

阿贤：（呐喊着）

"北风啊！你尽情地吹吧！地下人正愤怒地看着繁华的街灯！"

（事件：风袭声中，阿贤做出被北风袭击的身体动作，须是慢动作，且在一个位置上。阿贤望向惠子的背影，靠近。宋导回说书座位。惠子回头，望见阿贤，低声而惊恐地喃喃……而后才以客家语问："你回来了……回来了……"）

阿贤：
　　我在找你……

惠子：
　　我不就在这里吗？

（现场即兴演奏，营造出爱恋的感觉。）

阿贤：
　　我在找你年轻时候，我们在公馆附近的那家医院相遇……记得吧！（故意调侃）好好的女孩，不嫁人，却抢着要当护士。

惠子：（娇嗔）
　　真坏……学伊藤先生的话……你在医院住下来了！

阿贤：
　　对呀！还不都是为了你！

惠子：
　　为了我……真的吗？恐怕是为了你那心中的无……无政府主义吧！

阿贤：
　　无政府主义……贫民的医院、免费的学校、人人可以入住的赡养院、在阳光下欢乐的儿童由社会共同来抚养……那时……

惠子：

你竟然在剧场里……这样想这个残酷的世界……

阿贤：

嗯……这不也是你当护士的理想吗？

惠子：

走！换我来找你年轻的时候！

（现场即兴演奏，演奏着前面的变奏。）

宋导：

北风，在这出戏里，是逃亡的讯号。吹起北风的时候，地下党人就开始了他们逃亡的路途。地下人都是没有面孔的，所以，现在应该没有地下人了吧？可是，如果你曾经站在高处往下望，那些赶着上班的人、要去接小孩的人、被生活压得喘不过气的人，那些戴着口罩、蒙着脸的人，他们的脸也是模糊的。抬头看看到处都有的监视器，你身份证上的那串号码，你护照上的那张照片，无论到哪里，我们都必须证明自己的身份，才能得到庇护。权力正在以更细微紧密的方式包围着我们。如果说过去的北风，是带着肃杀而萧瑟的寒意的，那么现在的北风,应该是无声无息、却无所不在的吧?

(现场音乐淡出。)

(事件:宋导在楼梯间坐,侧对观众,露出黑暗中的一个剪影。)

第四章　枪决

道具：一盆水＋堆砖如灶＋染血汗衫＋包袱＋米酒＋黑伞

（事件：阿贤坐在牢房灯光打出的方形中，他缓缓起身用身体写字，信件的录音出，写到"暗影"时，渐收。他又回去坐下，背对观众。这时，惠子端着一盆水进来，录音继续……她放下水盆，先是想洗脸，让自己醒来，而后，浸发、甩发……想洗净自己的身体。）

▎阿贤朗读录音

（1）以下的朗读与歌声及音乐可以重叠。
（2）在以上的动作中陆续完成。

　　看到你的相片，我心里顿时十分痛苦。你竟瘦成这样！额上显然多出的皱纹，凸出的两颊，加深的眼窝，在这副模样里，我深深体会到这五年你生活中的一切暗影。"坚强点"，你听见我这叫声吗？不要忘记这句话！包含着我的一切希望和生命之火的这句话。

　　这里的时光，像是静止的一盘棋，无声无息的。我有时在无端的疲累来袭时，便躺下去睡着了！我常想，在亡命山区时，任北风怎样吹，你的爱就像纯棉般把我的身体包裹着……

乐队与歌手 唱《命水》中的一段（歌词稍作修改）

就行去沿这条大安溪
沿该条大河底圳
沿该大片的田地
沿该种田人的脚步
沿该臭酸的味绪

亡命的时辰，时常来这大安溪
夜行，在农家借宿，奔走于草丛间
烧炭火苗，指引夜路，一滴滴水
系祖先开始驻这生活个命水

（事件：阿贤朗读《在牢房灯光的方形中》。）

今早夜蒙蒙刚天光时分，我又梦见了你！我梦见我们一起前往每一户农家，睡在他们硬硬的床板上，醒来时，迎接我们的是监狱里打亮的天光。

贤 手书
12月30日 深夜

（事件：宋导再次取出手电筒，探着流亡的路，登场。在枯叶间，宋导停了下来，蹲下，抓一把枯叶。）

宋导：

　　枯叶下，掩埋不住不断涌出的鲜血……他们说，雨中的法西斯刑场，留有你的鲜血的脚印，向着天光行去……

（事件：阿贤坐下，闭上眼，用手在空中下棋。宋导隔空转向一个和阿贤不一样的方向，也坐下，闭上眼，他也悬空下棋……以下这段，应是普通话夹杂闽南语。）

（配乐：铁链拖地＋撞击的回响。）

阿贤：

　　真是一个残酷的春天呀！我们的那盘棋呢？

宋导：

　　哪一盘棋？

阿贤：

　　哈哈……我临上刑场前，坐在单人牢房里，夜里墙内安静得连影子都不愿吭一声……我躺下睡着了，便梦见你在牢墙外和我下棋，我说："炮过河……抓车……"最后一着棋……

宋导：

　　"残局……"换我了！（对视，前方是空气）

阿贤:（对视,前方是空气）

　　换你……

宋导:

　　帅转角,马后炮……你当下毙命!

(隔顷。)

宋导:

　　你怎么啦?

阿贤:

　　什么怎么啦?

宋导:

　　就临上刑场前,有一回,和郭老下无人棋……你怎么说的……

阿贤:

　　我怎么说的?

宋导:（换个姿势,变作老郭,闽南语）

　　有什么要交代的吗?

阿贤：

只须和我的妻子说，帮我收尸后，抬着我的棺材绕家乡的街道……无声地抗议！

宋导：

我会说……也会劝这行不通，会给你们一家带来灾难！

阿贤：

（沉默）是啊！伊跟我这一生，也够辛苦的了……想念……很深……

宋导：

我知道……那我问你……你现在恨他们要杀你吗？

阿贤：

恨，当然恨……但，我更爱这壁这边的许乞食和他一家人，我可以……死而无悔……

宋导：

问你一件事，为何枪决前的每一天，你都还静得下心来读书？

阿贤：

"朝闻道，夕死可矣。"你没听说过吗？（微笑）

宋导：

"道"是什么？

阿贤：（沉默）

宋导：

你可以跟我走的……从海上逃出去……我问过你……你为什么？

阿贤：（沉默）

（事件：远远地……传来国际歌的声音……阿贤缓缓站起……凝视四周良久，往前走……停顿……蹲下……像是在地上写字或做其他没意义的事。惠子到火盆一侧烧信件。宋导再次成为叙事者，说起最后一封信的事情。）

（事件：宋导朗读间，阿贤瘫在一张椅子上，表现他被刑囚过后，扭曲而无法张开的手与手掌，带动缓慢挣扎的身体，不离开椅子。惠子好像看见阿贤就在自己身旁，手拿一封信，颤抖着。两人站得很近，其实距离很远。）

　　一九五四春夏间
　　阿贤提笔手中等
　　写批检采真简单

不过阿贤落笔真正难

批中是按呢讲

阿贤：

请你以后毋通搁送对象来，咱心灵的交流才是证明存在，会当共送对象的精神放下来，我希望文字交流搁卡精彩。落尾，向望你读两本册，《火烧罟寮》《胎糕食番鸭》。

编号十一是最后

寄出了后阿贤人就走

批中意思按怎凑

两本册名怎看透

宋导：（说书的口吻）

《火烧罟寮》无希望……《胎糕食番鸭》惨死了。

火烧罟寮按怎读，罟寮是放罟仔的所在，罟仔是渔网，渔网的闽南语尬希望的闽南语同款。所以，火烧罟寮意思就是无希望。

煞来啥物是癞癗*食番鸭？

癞癗其患初起，麻木不仁，发红斑，久则破烂皮肤。

番鸭补阴引气入体，若是癞癗食番鸭，就是引风入体害

---

* 闽南语，指疯癫的泼皮。——编者注

身躯,风入身躯灭心火,死亡之神就来拽。

(事件:这时会有雾弥漫空气中。三人叙事时,回到介于演员与角色的身份。他们只是客观地叙事,愈客观愈有张力。阿贤说完时,会兀自离去;惠子和宋导只是目睹他的离去。阿贤回首,望见惠子……而后,惠子像是在雾中寻找他的踪迹。)

(现场即兴演奏,远远的悲伤。)

惠子:(普通话)

终于轮到我向时间此岸的你们说:我收到狱中来信,像是最后的诀别,他要我去买两本书。在街坊遍寻不着之后,我从邻居学汉学的长者口中得知:两本书的书名各有引申的深意,是闽南语的歇后语,竟然是死亡的比喻词。

阿贤:

在时间彼岸的一九五四年四月,一个残酷的春天。破晓前,天微微亮着淡漠的光,我被刽子手押赴马场町刑场……(离去)

宋导:

从这里望向你们身后的那里,也是这里。时间过去,血的记忆当真不远。先是一卡车被五花大绑的男女……车轮驶过沙地,扬起烟尘……(阿贤转身)

戏中壁

惠子：

我在拥挤的人群中找着阿贤……我像是看见了他……远远地……他的脸色苍白……眼睛却十分有神，像是在找我……（两人眼神相望）

宋导：

一个革命剧作家，结束了他尚未燃烧殆尽的青春与理想。这是充斥着血腥杀戮的时空中，遗失的一则记载。

（事件：惠子去找阿贤，雾中，一切归于沉寂。）

惠子：

这里……曾经是养马的地方呀！我们一起来看过大帐篷里的马戏呀！那一年，我们刚认识时，同样是一个春天！

宋导：

残酷呀！真是残酷的春天。（离开）

（事件：一声很远很远的枪响……惠子跪坐在一个包袱前，打开，拾起剧本默读，无声。阿贤进来。）

（事件：最终的告别，普通话＋闽南语＋客家语。）

惠子:

　　谢谢你来!

阿贤:

　　我们是夫妻呀!这么见外……也谢谢你来收我冰冷的尸体。恐怖呀!一具具叠在泥泞沙尘上的尸首!胸口沾着血……

惠子:

　　你冷吧!只穿了一件汗衫……

阿贤:

　　你给我寄来的呀!

惠子:

　　是呀!你把我织给你的那件毛线衣,送给难友了!

阿贤:

　　对不起啊!老郭教鹿窟案的少年识字……读报……他活下来了!需要毛线衣取暖!

惠子:(客家语)

　　……你寄来的信,怎么说的?……(普通话)"受难的泪是酸的……"

阿贤：（闽南语）

奋斗的血是红的……

（现场音乐淡出。）

（事件：惠子凝视着地上的包袱。阿贤走过来，取出包袱中的一本手写的剧本《壁》，欲放入火盆中。惠子去抢……两人拉扯，剧本一张张散落地上。）

阿贤：

烧了吧！

惠子：

跟着我念吧……(闽南语)壁……

阿贤：

烧了吧！为着你的安全……

（事件：惠子追着纸张。）

惠子：

烧了……就什么都没有了！

（静默。）

阿贤：

又如何……

（静默。）

惠子：（果决）

做不得……（客家语）

（静默。）

（事件：惠子在一旁望着阿贤将剧本放回包袱，他举起黑伞在空间中移动，最后站到较高处，像游魂般要离去……惠子来找，想找他的身影，不果……惠子茫然站立，像是隐约听到了阿贤的声音。）

（事件：宋导提皮箱进，他穿着风衣，像是远行归来，望着茫然的惠子，眼神静默凝练。）

惠子：（朝宋导）

后来……你去了哪里？

宋导：（闽南语）

大逮捕前，我就从基隆港出海了……先到日本，再到上海……

惠子:

和伊藤先生一样,在自己的土地上流亡……

阿贤:

这一趟旅程何其漫长,但恐怕永远不会是一场回首中缅怀的道途。黑暗中,时间彼岸,相互握手的温度,停留在遥远时空的某一个刹那。你们(指观众)将自己比喻为晨间或日午的阳光,渴求用这样的温度,在跨越时空的同时,去瞬间照亮那暗黑的旅程!就害怕长夜漫漫,路将永远迢迢……

(事件:演员各自脱下衣装,回到刚登场时的状态。各自做动作,例如,用粉笔去墙上写家书;用粉笔在地上写《戏中壁》的剧本;或者用粉笔画一些图案。安排重要片段,加入歌唱。)

(灯渐暗。)

(事件:乐队缓缓奏起"北风呀!你尽情地吹吧"的前奏。)

▎歌唱:乐队与歌手 + 演员

北风呀!你尽情地吹吧(黄玮杰)

北风呀!你尽情地吹吧

那些亡命的脚踪,踏着泥泞

在穿越芒草间隙的瞬间

有阳光逆着视线,照射过来

像在拉开一条通往未来的道路

北风呀！你尽情地吹吧
烧炭工人的脸庞亮着眼
黑色的眼球，皱纹深烙的脸
都是夜空上，辨识方向的星辰
我们且共同追寻着前去

在这里，在那里，在河底，在山尖
在客家的伙房，在露水滴下的片刻
在躲藏的山洞里，我们亡命
我们且摊开那面旗帜
在农民、在工人劳动的土地上

然而，滴着血的灰暗路上
枪声滚动着催命的吉普车声
推我们进时空荒芜的地窖
等待豪雨的清晨，靴声中
拉开的法西斯刑场

啊！我随着自己的魂
从子夜的牢房来到仆身的沙堆
眼前的路，是回家的路吗？
我想开口这样问时，路已消失
消失在车水马龙的十字路口

后记

I 戏中如何有"壁"

"日据"末期,以"厚生演剧研究会"为基底的戏剧人,由战后著名的闽南语片导演林抟秋所执导的《阉鸡》一剧,从小说作者张文环的同名小说取得灵感,在台北大稻埕永乐座戏院演出大爆满,剧本因一首台湾民谣《丢丢铜仔》而出名一时,甚而引来日警断电禁演,此时,舞台上却亮起了手电筒,继续在暗中演出。这件事,几乎成为"光复"前夕台湾剧运与剧史的一件传奇美誉。

便是这样,从文化抗日的脉络,延伸到战后时空下,戏剧人的抵抗美学在风声鹤唳中萌芽。"二·二八"前夕,从日本筑地小剧场学成返台的剧作家简国贤,联结了专擅民间讲古的宋非我,组织了战后标志性剧团——"圣峰演剧研究会",于一九四六年在中山堂演出《壁》一剧，赢得观众的满堂喝彩。就日后民间口述证实，演出前，风雨大作的中山堂广场，人人撑伞竞相买票进场，就连知名的革命女斗士谢雪红也在排队行列中。这又是战后台湾地区戏剧的另一项传奇与里程碑。

多年以前的某个夏日夜晚，当我尽情地享受在加西亚·马尔克斯的《百年孤独》的文字世界中漫游时，心头再次浮现那年风雨中的广场，人影缓步移动、一片伞海流淌的景象。那时，我便决定在《壁》一剧的写实基础上，开展某种带有魔幻色彩的再改编。于是，就有了《戏中壁》这本中篇小说的问世，随后也改编成电影剧本，获得了一九九四年最佳电影剧本奖。我说的带有某种魔幻色彩，称不上神话般的诡丽与神奇，其实，只是增添了一些想象的成分罢了！但，于我而言，这也不是那么容易。原因必须说明：在探索贫富差距的阶级问题上，《壁》在特定时空下的特殊性，恰是善恶的截然二分，有其"二·二八事件"前夕的时空背景。那么，《戏中壁》如何在这样的基础上，拉出超越二分法且触及阶级问题的场域呢？始终引人且待人深思。

时过境迁，我时而刻意、时而不免是回避地遗忘自己曾有的这件创作，将之藏进书房与心中的柜子里。有一种静默，是献给时间彼岸的剧作家，也是革命人；有一种孤寂，不知如何言说那种左翼人，在那样的年代，身穿一件妻子寄来的汗衫，躺在沙尘覆着血迹的刑场；有一种，不如好好地看待当代，而离散于彼岸时空的心神与视线。我且将自己与《戏中壁》拉开了距离，一转眼，便超过二十五个寒暑。这样子，便是在很多的遗忘中，有一回独自徘徊于已经熟络有加的台北宝藏岩的艺术村的历史断面时，我再次回想起曾经在此残余地景中，搭起帐篷演戏的种种……记忆拨动着些许心中的水痕，"残余"逐渐化作抵抗美学的符号。这符号象征着对发展、竞逐、占有、掠夺的抵拒；也标示着与时间彼岸，无论是剧场或地下党革命事迹，遗留下的"残余"重新接轨的欲望。我又想起了藏匿在暗处的这部中篇小说——《戏中壁》。我想将它转化为剧作，以历史断面为美学象征，让冷战记忆的"断面"成为剧作的媒介，在尚有剥墙的宝藏岩户外剧场中演出。戏剧于我，既是艺术的表现，更是文化行动，因而既是理念的，也须在生活中将理念给实现出来。就这样，一个剧本宛若一朵从泥壁间挣扎着冒出瓣的花，在文字间辗转后，化作舞台上的身姿与形影，让身体说出时空彼岸的话语，且与时空的此岸产生某种辩诘性的对话。

《壁》在表现些什么呢？在岛屿处于纷乱不堪的年代中，剧作家以剧本书写了这样的场景："壁，在你这层壁的那边，是堆积着和房子一样高的米……也是你这一层壁的这一边，是一个遇不到白饭的恶鬼，非切断自己生命不可的地狱。"只有这层壁的隔阂，两边的情形是如此的不同。那么，《戏中壁》即是将当年演《壁》的核心人物给推到舞台前线，称作宋导的导演与称作阿贤的剧作家，必须与观众谋面。然则，这样的谋面，在真实时空的流转中，其实是因为剧作家的妻子在风声鹤唳中留下了《壁》这个剧本，整个被压杀的记忆，才得以有重新出土的一日。

那是多么噤默、又多么灰暗的一件作品,以剧本的样式与面貌,让我们在百劫中挽回那差些没入深渊的文字。文字,一句句写在泛黄的纸张上,藏在一个包袱里,历经数十年的大沉默,再出土时,必须有一段崭新的风貌吧!我这样想着盘旋在脑海里的《戏中壁》剧本。于是这样,透过一位女性的视角,以剧作家妻子作为剧中备受时空折腾的角色,将整段被荒芜的烟尘给埋陷的记忆,通过伊冒着生命风险保存下来的剧本——《壁》,在断裂的时空中,打下无数个牢结,抢救下片片段段被连接起来的场景;并在新创作的戏中,打造了一个又一个龛入剧场里的意象。当然,随着时空的流转,我们在现今的场域铺演历史的压杀,如何找到与当代对话的表现方式,变得无比关键且具挑战性。历史本身必须说话,而不是角色在融入剧情时,一味地替历史说话,因为,这段历史充斥着血腥与杀戮,设若历史只是一个题材,那它带来的冲击力毕竟有限!

为了书写这样的对话,以让记忆活在当代,《戏中壁》并非将化作史事的人物或主题搬上舞台;相反地,很多史事被重新改造,加入了虚构的成分。我开始设想:如果剧作家的妻子,是将这段几乎被湮灭的历史复苏的核心人物,那么,如何赋予她崭新的身份面貌,会是重要的关键。很多时候,当人们说诗的想象比历史更真实时,剧中人物的新生命,便在这想象的诗意里诞生了!我于是生出了一个想法:在历史的真实中,剧作家因着《壁》在"二·二八"前夕被禁演,从而参与了地下党组织,最后乔装身份步上了流亡之途。在流亡的道途中,他主要逃难于今台湾地区三义乡鲤鱼潭的酸柑湖一带,从事烧炭和割香茅的劳动。据说，这段时日，剧作家克服了扁平足的先天困难，努力跟上其他流亡者的步伐。最重要的，这里是客家山区，也是我童年时期留下了深刻印象的故乡。因此，如果剧作家的妻子就是这里的客家女子，将会产生出跨越闽、客族群的另一层意涵。同时也带出流亡的每一步路，都会是扎根于妻子家乡的象征意涵。

这样子写着，将记忆加入想象的色泽，对于一段白色恐怖历史下，一个剧作家与他的妻子和剧团导演共同完成《壁》这出戏的前因后果，有了超出原本历史之外的诗意，或许孕育其间，也或许已消失在一阵迷雾中。

我想用一段这出戏里发生的场景，来诉说这本重新书写后的剧目，对于原本戏中所关切的核心：贫富差距阶级问题的提出。剧中三人，对于这项命题，在疏离（陌生化）自己的角色后，有了以下的对话：

> 宋导（导演）：时间不会阻挠这样的事发生，对吧！从过去到现在⋯
>
> 阿贤（剧作家）：也许一直到未来！
>
> 惠子（妻子）：应该会一直到未来！时间从来都是无情的⋯

是的，《壁》的主题，在免于二元对立的僵化处境下，被另类地处理成《戏中壁》里，挑战观众当下观念的一种行为。这或许是为殉难的身躯与凝重的残血，所交奏起的一段安魂曲，也说不定！这出戏一开始就不是为还原历史真相而作，而是意图经由剧场与观众对话。因此，进到剧场来探索或思考白色记忆的血迹，是这一切的初衷与目的。